神룡노수
시필천하

눈매 新무협 판타지 소설

FANTASTIC ORIENTAL HEROES

신필천하 3

눈매 新무협 판타지 소설

초판 1쇄 찍은 날 § 2011년 9월 21일
초판 1쇄 펴낸 날 § 2011년 9월 28일

지은이 § 눈매
펴낸이 § 서경석

편집부장 § 권태완
편집책임 § 주소영

펴낸곳 § 도서출판 청어람
등록번호 § 제1081-1-89호
등록일자 § 1999. 5. 31
어람번호 § 제2-2153호

주소 § 경기도 부천시 원미구 심곡2동 163-2 서경B/D 3F (우) 420-822
전화 § 032-656-4452 팩스 § 032-656-4453
http://www.chungeoram.com
E-mail § chungeoram@chungeoram.com

ISBN 978-89-251-2628-9
ISBN 978-89-251-2600-5 (세트)

神筆天下

신필천하

FANTASTIC ORIENTAL HEROES

눈매 新武俠 판타지 소설

3

남옥의 옥

도서출판 청어람

目次

第一章

신병이기를 얻다

神筆天下
신필천하

진양은 온몸을 뒤덮는 뜨거운 화기(火氣)를 느끼고 있었다. 입을 벌려 소리를 지르려고 했지만 어찌 된 일인지 목소리가 밖으로 새어 나오지 않았다. 주위를 둘러보니 방 안은 온통 이글거리는 불길에 삼켜져 활활 타오르고 있었다.

처참하게 떨어져 나간 문밖으로는 어렸을 때 자주 나가 놀곤 했던 안마당이 보였다. 그곳에는 낯선 사람들이 분주하게 돌아다녔고 하인들의 시체가 바닥에 아무렇게나 널브러져 있었다.

그때 불길에 휘감긴 대들보가 무너져 내리면서 진양을 덮쳤다. 진양이 두 눈을 질끈 감고 팔을 들어 올리는데, 누군가의 손길이 그의 손목을 가볍게 잡았다.

진양은 천천히 눈을 떴다.

'꿈… 인가?'

회부연 등잔불의 누르스름한 빛줄기가 시야에 들어왔다. 그리고 곧 자신이 어느 방의 침상에 누워 있다는 것을 깨달았다. 천천히 고개를 돌려 바라보니 하얀 턱수염을 길게 기른 의원이 자신의 손목을 잡고 있었다. 아마도 맥을 짚고 있는 모양이었다.

"열이 많이 내렸군. 심박도 안정을 되찾았고. 기분이 좀 어떠시오?"

나이 지긋한 의원의 부드러운 목소리를 듣자 한결 기분이 나아졌다.

하지만 조금 전까지 꾸었던 꿈을 상기하자 이내 착잡한 마음을 돌이킬 수가 없었다. 한동안 잊었던 십삼 년 전의 일이다.

의원도 굳이 대답을 바라고 물은 것은 아닌지 곧 자리에서 일어났다. 진양이 얼른 입을 열어 몇 마디를 물으려고 하는데, 갑자기 전신을 뒤덮는 화끈한 통증에 머릿속이 아찔해졌다. 극심한 통증이 온몸을 구석구석 들쑤셨다. 결국 진양은 고통을 이겨내지 못하고 다시 의식을 잃고 말았다.

다음에 진양이 깨어났을 때는 방 안에 아무도 없었다. 이번에는 밝은 대낮이어서 방 안의 풍경이 확연히 보였다. 방 안에는 온갖 호사스런 장식품과 가구들이 진열되어 있어 휘황찬란하게 빛났다. 그리고 보니 자신이 누워 있는 침상 역시 두툼한 비단이 푹신하게 깔려 있었고 양 갈래로 곱게 가른 상유자(床帷子:침대 커튼)는 매우 고급스러워 보였다. 금룡표국도 매우 호화스러운 구조였지만, 이곳은 그보다 더욱 부유하면서도 화려해 보였다.

어쩌다가 이런 방에 누워 있게 된 걸까.

진양은 밀교의 위교사왕 중 한 명인 금곤삼왕 갈지첨과 격전을 벌인 기억이 났다. 하지만 마지막은 어떻게 되었는지 잘 생각나지 않았다. 다만 유설의 얼굴을 떠올린 기억이 아련하게 남아 있었다.

어쨌거나 죽지 않고 살아 있는 것만은 확실했다.

그러나 몸을 움직이려고 하자 전신을 들쑤시는 고통에 얼굴을 잔뜩 찌푸리고 말았다. 내상을 입은 데다 내공을 완전히 소진시켜 버렸으니 전신의 근맥이 가닥가닥 끊어질 듯 아파 왔다.

'당분간은 운공하면서 몸을 다스리지 않으면 안 되겠구나. 얼마 동안이나 의식을 잃었던 것일까? 또 여기는 어디일까?

금룡표국이 아닌 것만은 확실했다.

진양은 흐리멍덩한 혼수상태 속에서 보았던 늙은 의원을 떠올렸다. 하지만 한 번도 본 적이 없는 사람이었기에 그가 누군지 알 방법이 없었다.

그때 방문이 열리더니 사람들이 모습을 드러냈다.

순간 진양은 깜짝 놀랐다. 방 안으로 들어선 사람은 다름 아닌 황태손 주윤문이 아닌가?

그의 양옆으로 두 사람이 따르며 보좌하고 있었다.

진양은 도무지 어떻게 된 것인지 영문을 몰라 두 눈을 끔뻑 거리기만 했다. 혹시 아직도 꿈에서 깨지 않은 것인지 의심스 러웠다.

주윤문은 진양이 깨어난 것을 보고 반색했다.

"오, 정신이 들었소?"

"저, 저하……."

진양은 정신이 없는 와중에도 예를 차리기 위해 몸을 일으 키려고 안간힘을 썼다. 하지만 주윤문이 황급히 손사래를 치 며 만류했다.

"번거로운 예는 접어두시오. 지금은 함부로 움직이지 않는 것이 좋겠소. 어젯밤에 잠깐 의식이 돌아왔었다고 전해 들었 소. 양 소협은 어쩌다가 그 지경이 되었던 거요? 처음에 발견 했을 때는 정말이지 깜짝 놀랐다오."

"그것이… 표국을 위협하던 자들과 마찰이 있었사옵니다."

진양은 괜히 입을 가볍게 놀렸다가 이 사건이 어떻게 번질지 알 수 없어 우선은 대충 얼버무렸다. 주윤문 역시 더는 꼬치꼬치 캐묻지 않았다. 원래 강호의 일에 황권이 개입하는 경우는 거의 없었기 때문이다.

"그나마 이만하길 천만다행이오. 참, 표국에는 기별을 넣어두었으니 양 소협은 우선 몸조리에 신경 쓰구려." '

이때쯤 진양은 주윤문과 이야기를 나누다 보니 마지막으로 의식을 잃기 전의 상황이 조금씩 기억나고 있었다. 진양은 여전히 몸을 일으키지도 못한 채 감사를 표했다.

"저하의 하해와 같은 은혜에 망극할 따름이옵니다."

"그리 예를 차릴 필요 없소. 괜히 내가 옆에 있어봐야 신경만 쓰일 것 같군. 그럼 나는 이만 방해하지 않고 가볼 테니 몸조리 잘하시오."

"예, 저하."

주윤문이 신하들을 이끌고 돌아가자 진양은 가만히 천장을 올려다보며 긴 한숨을 내쉬었다.

'황제가 우리 가문을 멸문시키더니 그 손자는 내 목숨을 구했구나. 운명이라는 것이 참으로 얄궂다.'

잠시 후 시녀 한 명이 따뜻한 죽 한 그릇을 쟁반에 받쳐 들고 왔다. 진양은 몇 숟가락을 들었지만 속이 울렁거리고 머리가 어지러워 더는 먹지 못하고 반 이상을 남겼다.

이렇듯 진양은 꼬박 사흘을 누워 지내다시피 하고 나서야 가까스로 자리에서 일어날 수 있었다. 그가 의식을 잃고 쓰러진 지는 닷새 만이었다.

하지만 그마저도 아직은 원기가 완전히 회복되지 않아 운신이 그리 자유롭지는 못했다. 다행히 주윤문이 그를 아끼는 마음에 계속해서 머물기를 권한 데다 표국에서도 여건이 허락하는 한 몸 관리를 우선시하라며 연락을 보내온 터였다.

덕분에 진양은 조금은 느긋한 마음으로 몸을 다스릴 수 있었다.

칠 주야가 지나자 진양은 걷기에 불편함이 없을 정도로 몸이 회복됐다. 진양은 주윤문을 찾아가서 정식으로 인사를 드리기 위해 수발을 들던 시종 한 명에게 부탁했다.

"오늘 황태손 저하를 만나뵙고 인사를 드리고 싶소."

그러자 시종은 미리 언질을 받은 것이 있는지 곧 허리를 숙이며 대답하고는 진양을 안내했다. 진양은 옷을 추스르고 시종의 뒤를 따라 걸었다.

기다란 낭하를 지나 정원을 가로지르다가 진양은 으리으리한 주변 건물들을 보고 넋을 잃었다. 누각과 건물마다 꾸밈새가 화려하고 정교하기 이를 데 없었다.

태어나서 황궁을 처음으로 와본 진양은 천하에 이토록 웅장하면서도 화려한 곳이 존재하리라곤 상상도 해본 적이 없었다.

당시 응천부의 황궁은 크게 남과 북으로 나눌 수 있었는데, 남쪽은 외조(外朝)라고 불리며 주로 국정 업무를 담당하는 구역이었고, 북쪽은 내정(內廷)으로 불리며 황족이 사적인 생활을 영위하는 곳이었다.

진양이 거니는 곳은 바로 내정으로 후원의 전경은 천상의 공간이라 생각될 만큼 아름다웠다. 연신 주위를 두리번거리며 한참을 가다 보니 또 한 채의 커다란 대청 문 앞에 다다랐다.

마침 문밖에 서 있던 자들이 진양과 시종을 보더니 안을 향해 소리쳤다.

"저하, 양 소협이 찾아왔습니다!"

그러자 곧 문이 열리더니 흑색 두건을 머리에 두른 건장한 체구의 중년인이 나타났다. 그는 청포를 걸치고 있었는데, 오른쪽 뺨에는 긴 흉터가 새겨져 있어 매우 사납게 보이는 인상이었다.

그가 문밖에 서 있는 진양을 보고는 나직이 말했다.

"들어오시오. 저하께서는 지금 서예에 집중하고 계시니 예는 차리지 말라 하셨소."

진양은 고개를 숙여 보이고는 그의 뒤를 따라갔다.

'아마도 이자는 저하의 호위무사인 듯하구나.'

진양의 추측은 정확한 것이었다. 그는 번웅(番熊)이라는 자로 황태자 주표가 병들어 죽은 후 주원장이 직접 그를 발탁해서 주윤문의 호위를 맡긴 것이었다.

그러고 보니 진양은 남옥의 집에서 주윤문을 처음 만났을 때도 이자를 본 것 같았다. 다만 그때는 황태손을 처음으로 마주하자 주변을 제대로 살필 경황이 없어 눈여겨보지 못했던 것이다.

진양이 대청 안으로 들어가니 과연 주윤문은 탁자에 앉아서 온 정신을 집중한 채 글을 쓰고 있었다. 진양은 한옆에 물러나서 글쓰기가 끝나기를 가만히 기다렸고, 번웅은 주윤문의 등 뒤로 가서 섰다.

진양은 번웅의 움직임을 보면서 내심 감탄을 금할 길이 없었다.

'저자의 걸음걸이가 마치 구름을 밟는 듯하구나. 비록 짧은 거리지만 그가 황태손의 등 뒤로 돌아가는 동안 옷깃 스치는 소리도 들리지 않았으니 정말 대단한 경공이다.'

진양은 시선을 돌려 탁자에 앉아 온 정신을 열중하고 있는 주윤문을 바라보았다. 그의 자세를 살펴보니 허리를 꼿꼿하게 세우고 붓을 놀리는 손길이 가히 예사롭지 않았다. 어린 나이를 감안한다면 상당한 경지에 이른 자세였다.

한참 후 그가 글을 다 적었는지 붓을 내려놓고 진양을 돌아보았다. 그가 빙그레 미소 지으며 일어났다.

"미안하오, 양 소협. 글을 적느라 미처 신경을 쓰지 못했소."

진양이 얼른 무릎을 꿇었다. 그가 막 삼천세를 외치려는데 주윤문이 황급히 다가오며 손을 내저었다.

"됐소, 됐소. 그대는 너무 예를 차리지 마시오."

진양이 어쩔 수 없이 몸을 일으키자 주윤문이 그를 이끌었다.

"몸은 좀 어떻소?"

"저하의 은덕에 많이 좋아졌습니다."

"하하, 그거 다행이오. 난 그대가 죽을까 봐 몹시 걱정했소."

진양이 부드럽게 웃으며 탁자를 힐끔 보았다.

"제가 시간을 잘못 맞춰 온 것이 아닌지 염려됩니다."

"아니오. 그저 취미 삼아 글을 적고 있었던 것뿐이오. 부족한 글이지만 어디 구경이나 한번 해보겠소?"

"영광이옵니다, 저하."

진양이 다가가서 보니, 화선지에 적힌 글씨는 바로 초계시권(苕溪詩卷)에 실린 오언율시(五言律詩)의 일부였다.

小苗能留客　작은 밭은 능히 손님 머물게 할 만하고
　青冥不厭鴻　푸른 하늘은 나는 기러기를 싫증내지 않네.
　秋帆尋賀老　가을 배 돛 올려 가(賀) 씨 노인 방문 길
　載酒過江東　술 싣고 강동을 지난다.

　　오언율시의 전체가 아니지만, 이 네 구절만으로도 시상이
절로 떠오를 만큼 훌륭한 필체였다. 화선지 곁에는 미불(米
芾)이 직접 쓴 초계시권이 놓여 있는 것으로 보아 아마도 필
사를 하던 중인 듯했다.

　　미불은 송대(宋代)의 유명한 서예가이자 화가였다. 특히 그
의 글은 송대를 대표하는 삼대서예가 중에서도 그 기교가 가
장 뛰어나다는 평을 받기도 했다.

　　진양이 고개를 끄덕이며 말했다.

　　"미불의 초계시권에 적힌 시로군요."

　　그러자 주윤문이 깜짝 놀라며 되물었다.

　　"그대는 서예에도 조예가 있소?"

　　"아닙니다. 그저 얕은 지식을 가지고 있을 뿐이옵니다. 어
려서 서예를 공부한 적이 있습니다."

　　진양이 겸사로 대답했지만, 주윤문은 내심 놀란 기색이었
다.

사실 진양은 어려서부터 아버지에게 서예에 관한 이야기를 많이 들으며 자랐다. 그리고 학림관에서도 줄곧 서예를 공부했으며, 천상련에서도 서예에 관한 책은 모조리 읽어보았다.

　때문에 한눈에 미불의 시를 알아볼 수 있었던 것이다.

　반면 주윤문은 마치 반가운 친구라도 만난 것인 양 기쁜 기색을 띠고 말했다.

　"서예에 관심이 있을 줄은 미처 몰랐소. 정말 반갑구려. 사실 나는 양 소협을 구할 수 있게 되어 기쁜 마음에 이 글귀를 베껴보았소."

　진양이 그와 같은 말을 듣고 다시 화선지를 내려다보니, 과연 아까보다 더욱 주윤문의 심정이 잘 와 닿는 듯했다. 주윤문의 마음에서는 진양이 바로 손님이요, 기러기이며, 가씨 노인이었을 것이다. 진양은 내심 이 어린 황태손에게 감동을 받았다.

　'한 핏줄을 이어받았으면서도 그 성품이 하늘과 땅처럼 차이가 크구나.'

　바로 황제 주원장을 떠올리고 생각한 것이다.

　물론 진양은 황제를 직접 대면한 적이 단 한 번도 없었다. 때문에 그는 황제 주원장의 성품이 어떠한지 전혀 알지 못했다. 다만 황제가 여러 차례 공신들을 죽였고, 그 바람에 민심도 날이 갈수록 흉흉해지고 있었다. 게다가 진양의 아버지 역시 그와 관련해 억울하게 죽었으니, 진양은 황제를 보는 시선이 결코 부드러울 수가 없었던 것이다.

주윤문이 진양을 돌아보며 물었다.

"양 소협이 보기에 내 필체가 어떻소? 나는 그대의 솔직한 대답을 듣고 싶은 것이니 일부러 듣기 좋은 말만 할 필요는 없소."

진양은 화선지를 다시 한 번 꼼꼼히 살펴보다가 말했다.

"글자에 뜻과 정이 담겨 유려하게 흘러가고 있으니, 보기 드문 훌륭한 필체입니다. 뿐만 아니라 미불 특유의 기교가 잘 드러나서 종횡의 비율이 참으로 아름답습니다."

"하하, 그대도 너무 입에 발린 칭찬만 하는군. 사실 나는 그보다 좀 더 솔직한 의견을 듣고 싶었던 것인데."

진양이 슬며시 눈치를 살피니 그 말이 거짓이 아닌 듯했다. 해서 진양은 용기를 내어 좀 더 솔직한 의견을 피력했다.

"제가 앞서 드린 말씀은 모두 사실입니다. 다만 쓰기보다 보기가 쉬운 법이니… 살펴보았을 때 아쉬운 부분이 없다면 그 역시 거짓이겠지요."

"좋소, 좋아. 그 아쉬운 부분을 자세히 듣고 싶소."

"세에 따라서 글씨를 잘 이끌어가셨으나 아직은 그 힘이 부족한 듯싶습니다. 또한 미불의 초계시권의 글씨는 조금도 머뭇거림이 없으면서도 느긋한 서풍이 매력인데, 쓰신 글은 조금 답답한 느낌이 없지 않습니다. 지나치게 신중을 기하시느라 생긴 현상으로 보입니다. 그러다 보니 절제해야 하는 부분에서는 넘침이 있고, 풍성해야 할 부분에서는 생략이 생겨났습니다. 하지만 미불이 초계시권을 작성할 당시 그는 이미 서른여덟 살로 장년의 나이였고, 폭넓은 필법을 익힌 후 스스로 일가를 이룬 상태였습니다. 하니 이런 환경을 감안한다면 역시 저하께서 쓰신 글씨도 대단히 훌륭하다고 할 수 있을 것입니다."

진양은 서예에 관해서 한번 입을 열게 되자 마치 물이 흘러가듯 술술 이야기를 꺼냈다.

한데 진양이 말을 마치고 돌아보니 주윤문이 멍한 표정으로 자신의 글씨를 내려다보고 있는 것이 아닌가?

그제야 진양은 자신이 너무 직설적으로 이야기한 것이 아닌가 하는 생각이 들어 고개를 조아렸다.

"죄송합니다, 저하. 소인이 주제넘게 아무것도 모르고 떠들어댔습니다."

그러자 주윤문이 얼른 손사래를 치며 말했다.

"아니오. 절대 아니오. 나는 오히려 양 소협의 안목에 깊이 탄복하고 있었소. 내 지금까지 양 소협처럼 내 글씨를 정확히 보는 사람은 보지 못했소. 정말 대단하오!"

"예?"

진양이 어리둥절한 표정으로 되묻는데, 주윤문이 진양의 두 손을 덥석 잡았다. 그의 표정에는 기쁜 기색마저 서려 있었다.

"양 소협이 서예에 이토록 조예가 깊은 줄은 전혀 생각지도 못했소. 나는 양 소협에게 많은 것을 배우고 싶소."

진양은 도대체 어찌 된 영문인지 알 수가 없었다. 자신이 이야기한 정도는 그리 어려운 수준도 아니었다. 서예에 대해서 어느 정도 지식이 있고 글씨를 볼 줄 안다면 누구라도 지적할 수 있는 수준이었다.

진양은 매우 흥분해 있는 주윤문을 보면서 속으로 가만히 고개를 끄덕였다.

'그렇구나. 아무도 저하의 필체를 보고 단점을 지적하지 않았던 것이로구나. 하긴, 이만하면 나이에 비해 단점이라고 할 것도 못 된다. 실제로 저하의 필체는 칭찬만 듣는다고 해서 이상할 것은 없지.'

진양의 생각대로 주윤문은 지금껏 남에게 쓴소리를 들은 적이 거의 없었다. 황태손이라는 지위가 그런 환경을 만들기도 했지만, 무엇보다 서예에 관해서는 주윤문의 글씨가 뛰어난 수준이었기에 더욱 그러했다.

하지만 진양은 보이는 대로 고스란히 말을 뱉었다. 그리고 자신이 생각하는 기준에서 설명을 하다 보니 자연스레 단점도 말하게 된 것이다.

주윤문으로서는 자신보다 겨우 한두 살 많아 보이는 진양이 이처럼 서예에 조예가 깊은 데다 거침없이 단점을 지적하니 내심 존경하는 마음이 생겨났다. 뿐만 아니라 진양은 자신이 어떻게 글을 썼는지 그 과정을 훤히 본 듯이 말하지 않는가?

주윤문이 말했다.

"정말 잘 보았소. 나는 글을 적으면서도 그대가 말한 부분을 가장 염려하고 있었소. 사실 조금 전까지는 내가 무엇을 염려했는지도 잘 알 수 없었으나 그대의 말을 듣고 나니 그것이 뚜렷해졌소."

"과찬이십니다, 저하."

"흠. 맞아, 맞아. 다시 봐도 양 소협의 말이 딱 맞소. 한데 그와 같은 단점을 고치려면 어쩌면 좋겠소?"

"쓰고 또 쓰다 보면 분명히 단점도 없어질 것입니다."

"역시… 그 방법뿐이겠지요?"

주윤문이 조금 씁쓸한 표정으로 고개를 끄덕였다. 진양은 그 모습을 보다가 한마디 더했다.

"미불은 송대의 삼대서예가 중에서 유일하게 안진경(顏眞卿)을 멀리하고 왕희지(王羲之)로 일관하여 영향을 받은 사람입니다. 그는 왕희지 서법이 지니고 있는 아름다움을 더욱 화려하고 변화막측하게 표현했지요. 그러니 미불의 필체를 닮고 싶으시다면 왕희지의 글씨를 한번 답습해 보시는 것도 도움이 될 것입니다."

"과연 일리있는 말이오. 고맙소, 양 소협."

진양은 그저 미소로 고개를 조아릴 뿐이었다.

그러다가 문득 주윤문이 진양에게 말했다.

"양 소협, 혹시 나를 위해 글을 적어줄 수 있겠소?"

갑작스런 요구에 진양이 깜짝 놀라 바라보는데, 주윤문이 눈빛을 반짝이며 마주 보고 있지 않은가? 도무지 거절을 할 수가 없어 어쩔 수 없이 진양이 고개를 숙여 보였다.

"알겠습니다, 저하."

"하하, 오늘 양 소협에게 한 수 가르침을 청하는 바이오."

"제 주제에 어찌 감히 저하를 가르칠 수 있겠습니까? 그저 비웃지나 말아주십시오."

진양이 빙그레 웃으며 말하고는 탁자로 걸어갔다. 그는 붓을 집어 들고는 먹물을 바르며 심호흡을 했다. 잠시 후 진양은 화선지 위로 붓을 가져갔다.

스윽.

드디어 일획을 그으며 글자를 적어가기 시작했다. 진양은 느긋한 움직임으로 글을 적어갔는데, 그 동작이 마치 유유히 흐르는 강물과 같았다.

강물은 폭이 넓어졌다가 좁아지기도 하며 도도하게 흘러 갔다.

진양이 한순간의 망설임도 없이 일필휘지로 글을 모두 적고 나자 주윤문은 눈이 왕방울만 해져서 한 번도 깜빡이지 않았다.

"대, 대… 대단하오, 양 소협."

"부끄럽습니다, 저하."

"내가… 지금까지 이토록 아름다운 글씨체를 본 적이 없소."

주윤문은 눈을 한 번 질끈 감았다가 떴다. 진양의 글씨는 정말이지 숨이 턱 막힐 정도로 아름다웠다. 아직 먹물도 채 마르기 전이어서 그런지 글씨에서 우러나오는 생동감은 미불보다도 더 뛰어난 듯했다.

글자에서는 흙냄새가 나고 창공의 바람이 부는 듯했으며, 기러기가 나는 듯하고 술의 향기마저 은근히 풍겨오는 듯했다.

주윤문은 진양의 글씨에 많은 감흥을 받고 기분이 매우 좋아졌다. 그래서 그는 그날 하루 종일 진양과 함께 이런저런 서예에 관해 담소를 나누었다.

본래 진양은 이날 인사를 한 후 황궁에서 나갈 생각이었지만, 주윤문은 한사코 그를 보내지 않으려고 했다. 결국 진양은 다시 별궁에서 하룻밤을 또 보낼 수밖에 없었다.

다음날 진양은 다시 주윤문을 찾아서 작별 인사를 했다. 궁을 나가겠다는 진양의 말에 주윤문은 시종 아쉬운 표정을 지우지 못했다. 결국 그는 진양에게 아패(牙牌:궁전의 출입증)를 쥐어주며 말했다.

"양 소협이 굳이 떠난다니 더 이상 붙들고 있을 수도 없겠소. 내 아패를 줄 테니 혹시라도 적적할 때 그대를 불러 또 담소를 나눌 수 있겠소?"

"황공하옵니다, 저하. 언제든 그리하십시오."

진양이 깊이 읍을 하며 대답하자 주윤문은 흐뭇한 표정으로 그를 배웅했다.

황궁을 나선 진양은 곧장 표국으로 돌아왔다. 그가 오랜만에 표국의 대문으로 들어서자 일을 하던 사람들이 너도나도 몰려나와 진양을 반갑게 맞이했다.

사실 진양이 처음 금룡표국에서 일을 시작했을 때는 시기와 질투하는 시선이 적지 않았다. 아무리 표국의 은인이라지만 생전 들도 보도 못한 소년이 나타나서는 갑자기 표두와 맞먹는 지위를 차지하고 앉았으니, 이를 곱게 보는 사람들이 드

물었던 것이다.

하지만 진양이 보표들에게 무공을 가르쳐 주거나 다른 잡다한 일을 도맡아하면서 표국 사람들은 저마다 진양의 겸손함과 올곧은 마음씨에 호감을 품기 시작했다. 그리고 이때쯤엔 이미 혈사채에서 있었던 진양의 활약상을 사람들이 알고 있었다. 그러니 진양의 귀환은 그들에게 더욱 반갑고 기쁜 일이었다.

특히 그를 내심 아꼈던 유인표는 버선발로 뛰어나올 만큼 기뻐했다.

"어서 오게, 어서 와! 그렇잖아도 지금 자네 걱정을 하고 있는 참이었네. 몸은 좀 어떤가?"

"전 괜찮습니다. 괜한 걱정을 끼쳐 드려서 죄송합니다."

"그런 말은 말게나. 어쨌든 자네가 괜찮다니 정말 다행이야. 다행일세!"

유인표가 진양을 이끄는데, 마침 건물 모퉁이를 돌아 나오던 유설과 마주쳤다. 그녀 역시 진양이 돌아왔다는 소식을 듣고 급히 나오는 중이었다. 진양은 유설을 가까이에서 보자 갑자기 가슴이 두근거리고 얼굴이 붉게 달아올랐다.

얼마 전 죽음의 문전에서 그녀의 얼굴을 떠올리지 않았던가? 그 순간 진양은 목숨이 경각에 달렸다는 사실도 잊은 채희미한 미소까지 지었다.

불현듯 그때의 기억이 떠오르자 진양은 유설의 얼굴을 감히 마주 볼 엄두가 나지 않았다. 그가 어색한 미소를 지으며 시선을 돌리는데 유설이 봄바람처럼 부드러운 목소리로 물어 왔다.

"양 소협, 무사하셨군요. 다친 곳은 좀 어떠신가요?"

옥구슬이 구르듯 아름다운 목소리를 듣자 진양은 심장이 밖으로 튀어나올 듯이 쿵쾅거렸다. 마음 한편에서 달콤한 기운이 퍼져 나와 사지백해로 녹아드는 듯했다.

'아직 유 낭자는 내가 서신의 상대라는 사실을 모르고 있을 것이다. 만약 그녀가 이 사실을 안다면 어떻게 반응을 할까?'

진양이 이런 생각을 하고 있는데, 유설이 다시 근심스런 표정으로 물었다.

"양 소협? 어디 안 좋으신가요? 얼굴색이 붉은……."

"아, 아닙니다. 괜찮습니다, 유 낭자."

"그렇다면 정말 다행이에요. 하지만 당분간 몸을 다스리시고 안정을 취하세요."

유설이 걱정 서린 목소리로 말하자 진양은 마음이 못내 흐뭇했다. 그가 고개를 끄덕이며 답례했다.

유인표 일행은 진양과 함께 먼저 대청으로 들어갔다. 유인표는 진양이 귀환한 것을 축하하는 의미에서 연회라도 베풀

기세였지만, 진양이 끝내 나서서 말리는 바람에 뜻을 거두었다.

진양은 제일 먼저 흡혈마가 어찌 되었는지 물었다. 다행히 영리한 흡혈마는 주인이 사라지고 한참이 지나자 제 발로 금룡표국으로 돌아왔다고 했다.

서로의 안부를 물으며 가벼운 잡담을 나누고 나자, 분위기는 자연히 무거워지며 진지한 이야기로 접어들었다. 유인표는 어쩌다가 진양이 봉변을 당하게 됐는지 물어보았다. 이는 모두가 궁금하던 참이기에 도장옥과 유설, 그리고 정여립과 총관 심일태가 하나같이 의문스런 표정으로 진양을 바라보았다.

진양은 병기포에 갔다가 우연히 종지령을 본 일부터 소상히 설명하기 시작했다. 그리고 금곤삼왕 갈지첨과 싸운 일, 마지막에는 황태손 주윤문이 자신을 도와준 일까지 말했다.

이야기를 듣던 유인표가 침음을 흘리며 말했다.

"흐음, 아무래도 그 천의교라는 조직이 큰 음모를 꾸미고 있는 것이 틀림없겠군."

그러자 도장옥이 말을 받았다.

"그들은 금룡표국을 통해 천상련까지 건드리려고 했습니다. 또한 고위 관료들마저 의식하고 있었으니 꾸미고 있는 바가 예사롭지 않을 듯합니다."

그때 유설이 끼어들었다.

"그럼 우리의 힘으로는 한계가 있지 않을까요? 이러한 사실을 빨리 알려야 좋지 않겠어요?"

"맞는 말이다. 우리 힘으로 해결될 문제가 아닐 듯싶다."

유인표가 고개를 끄덕이며 동조했다.

그러자 도장옥이 다시 입을 열었다.

"하지만 섣불리 무림 동도들을 소집하면 천의교는 필시 또 다른 간계를 꾸밀 것입니다. 그럼 오히려 천상련 등의 사파에서 이쪽의 동향을 이상하게 여길지도 모릅니다."

"그 또한 일리가 있는 말이오. 심 총관, 좋은 방법이 없겠는가?"

금룡표국의 총관인 심일태는 비록 무공 실력은 보잘것없는 수준이었지만, 표국을 운영하는 전반적인 업무를 담당하는 자였다. 그만큼 신중하고 차분한 성격이었으며, 위기에 대처하는 능력이 누구보다 뛰어났다.

심일태가 짧은 턱수염을 두어 번 쓸다가 말했다.

"말씀하신 대로 이번 일은 표국의 문제만이 아닌 듯합니다. 그리고 무림 동도들에게 이 사실을 알리고 함께 논의해야 한다는 의견에도 공감합니다. 문제는 얼마나 그 계기를 자연스럽게 가지는 것인가 하는 일인데, 한 가지 떠오른 방법이 있긴 합니다만 국주님께서 괜찮으실지……."

"무엇인가? 말해보게. 우선은 들어봐야 결정도 내릴 일이 아니겠는가?"

"두 달 후면 국주님의 생신이니 이때 연회를 열어 무림 동도들을 초빙한다면 그 모양새가 자연스럽지 않겠습니까? 그때 평소 뜻 맞는 영웅들에게 은밀히 이 사실을 알리고 논의한다면 대책을 세울 수 있을지도 모르지요."

도장옥이 손뼉을 짝 마주 쳤다.

"그거 괜찮은 방법이군요!"

하지만 유인표의 표정은 썩 밝지만은 않았다. 그는 지금껏 자신의 생일을 챙겨 연회를 벌인 적이 거의 없었다. 부인이 살아 있을 때는 강요를 이기지 못해 몇 번 생일잔치를 벌인 적이 있지만, 칠 년 전 부인이 지병으로 세상을 뜬 후에는 단한 번도 연회를 연 적이 없었다.

유인표가 몹시 사교적인 성격이긴 했지만, 남들 앞에서 자신을 드높이거나 중심이 되는 행위는 좀처럼 하지 않았기 때문이다. 그런 유인표의 성품을 잘 알고 있는 심일태가 부드럽게 웃으며 물었다.

"역시 부담이 되십니까?"

모두의 시선이 유인표에게 향하자 그 역시 별수없이 고개를 끄덕였다.

"어찌 부담이 되지 않겠는가? 하지만 이번 연회의 목적은 따로 있으니 심 총관의 제안을 받아들이겠네."

그 말에 좌중의 사람들이 저마다 안도의 표정을 지었다.

심일태의 말대로 생일잔치를 핑계로 무림 동도들을 초빙한다면 이상할 것은 없었다. 더욱이 금룡표국과 친분이 있는 자들은 반드시 참가할 것이므로 이보다 좋은 기회도 없었다.

진양은 이런 이야기를 들으면서 한편으로는 걱정이 되면서도 또 마음 한구석에서는 은근한 기대감이 피어올랐다. 그는 지금까지 강호의 무인들을 만나볼 기회가 별로 없었는데, 이번 기회에 여러 무림의 영웅들을 만날 수 있게 됐으니 설레는 마음이 드는 것을 어쩔 수 없었던 것이다.

대략의 이야기를 마친 진양은 먼저 마구간으로 가서 흡혈마를 살펴보았다. 흡혈마는 진양을 알아보자 기분이 좋은지 연신 푸르릉거리며 콧김을 뿜어대고 얼굴을 비벼왔다. 흡혈마를 한동안 다독거려 준 다음 그는 거처로 돌아왔다.

오랜만에 방에 앉아 있으려니 마음이 푸근했다.

'어느덧 이곳을 내 집처럼 여기고 있었던 모양이구나.'

진양은 창가로 걸어가서 창문을 활짝 열어젖혔다. 따뜻한 햇살이 창틈으로 쏟아져 들어왔고, 마당을 분주히 오가는 시종들의 모습이 보였다.

그때 마침 청아한 목소리가 들려 고개를 돌려보니, 유설이 시녀 한 명에게 무언가 지시를 내리고 있었다. 아마도 표국의 일에 관한 업무를 이야기하는 중인 듯했다.

진양은 유설의 뒷모습을 보고 있노라니 마음이 들뜨면서 달콤한 기분에 흠뻑 취했다.

'그동안 내가 유 낭자에게 서신을 보내지 못했으니, 오늘 또 한 통의 서신을 보내야겠다.'

진양은 기쁜 마음으로 문방사우를 챙겨 탁자에 가져왔다. 그리고 붓을 들어 일필휘지로 글을 적어 내려갔다.

그날 이후 진양은 적당한 간격을 두고 유설에게 서신을 보내곤 했다. 그때마다 유설은 매번 답장을 써서 보내주었다. 진양은 유설의 서신을 받아 읽으면서 내심 흐뭇한 마음을 가눌 길이 없었다. 언젠가는 자신이 바로 서신의 상대라는 것을 밝혀야겠지만 지금 이 순간만큼은 유설과 서신을 주고받는 것만으로도 행복했다.

한편 진양은 황태손의 부름을 받아 입궁하는 경우도 잦았다. 주윤문은 진양을 만나기만 하면 항상 서예에 관한 이야기를 나누었고, 이따금씩 자신의 글씨를 보여주며 진양의 감평을 들어보기도 했다. 진양 역시 서예에는 관심이 무척 많은 터라 주윤문과 이야기가 잘 통했다. 두 사람은 나이도 엇비슷했기에 더욱 뜻이 잘 맞았다.

그러던 어느 날 진양이 여느 때와 마찬가지로 주윤문의 부름을 받고 입궁할 때였다. 진양은 내정의 후원을 거닐면서 궁의 분위기가 평소와 조금 다르게 경직되어 있다는 것을 깨달았다. 지나는 사람들마다 낯빛이 어두웠고 평소보다도 더욱 몸가짐을 조심히 하는 것이 느껴졌다.

'무슨 일이 일어난 것일까?'

진양은 의아한 표정으로 주변을 둘러보며 걷다가 마침내 어느 대청 앞에 멈췄다. 주윤문이 있는 곳이었다. 문을 지키던 자들이 안을 향해 소리치자 평소와 마찬가지로 번옹이 나와서 진양을 안내했다.

진양이 대청으로 들어서자 주윤문이 두 팔을 벌려 맞이했다.

"잘 왔소. 기다리고 있었소."

주윤문은 진양에게 만날 때마다 구태여 예를 차리지 말라고 일러두었다. 때문에 진양은 양손을 맞잡고 허리를 굽혀 읍을 하며 말했다.

"저하를 뵙사옵니다."

주윤문은 인사를 받는 둥 마는 둥 하며 진양의 손을 이끌었다.

"이리 와보시오. 내가 오늘 그대를 위해 무얼 준비했는지 알면 깜짝 놀랄 것이오."

진양은 또 주윤문이 직접 쓴 글씨를 보여줄 거라고 지레짐작하고는 빙그레 웃음을 띠었다. 저렇게도 기쁜 듯 말하는 것을 보면 아마도 자작시를 보여주려는 것이리라.

한데 주윤문은 성큼성큼 걸음을 내딛더니 이내 대청 문을 열고 나가는 것이 아닌가. 진양은 그의 뒤를 따라가며 의아한 표정을 지우지 못했다.

'글씨를 보여주시려는 거라면 구태여 밖으로 나갈 필요가 있겠는가? 오늘 저하께서 유독 들떠 계신 걸 보면 필시 다른 무언가가 있으리라.'

진양은 한참 주윤문의 뒤를 따라가다가 가까스로 입을 열었다.

"저하, 어딜 급히 가십니까?"

"하하, 양 소협은 그저 날 따라오면 자연히 알게 될 거요."

한참 후 두 사람이 도착한 곳은 어느 건물 앞이었다. 내정의 다른 건물들과는 달리 겉모습이 화려하지 않고 크기도 작았다.

진양이 문 앞에 서서 물었다.

"저하, 여기가 어디입니까?"

"내 사고(私庫)라오. 한번 들어가 보시겠소?"

주윤문이 뿌듯한 표정으로 말하며 문을 열고 들어갔다. 진양이 그 뒤를 따라 들어가니 과연 실내에는 여러 가지 잡다한 물건들로 가득했다. 하지만 그것들 중 어느 것 하나 평범해 보이는 것이 없었다. 세공으로 다듬어진 온갖 조각상부터 시작해서 고귀한 비단과 화려한 폐물이 가득 쌓여 있었다.

진양이 넋을 놓고 둘러보다가 실내 안쪽에 놓인 탁자를 보고 우뚝 멈췄다. 탁자 위에는 갖가지 종류의 병기구가 나열되어 있었다.

주윤문이 진양의 눈치를 흘깃 살피더니 말했다.

"어떻소? 여기 있는 물건들은 생일이 될 때마다 여러 사람에게 받은 선물들이오."

"과연 진귀한 물품들이 많습니다."

진양이 감탄하며 말했다.

한데 그러면서도 이런 것들을 왜 자신에게 보여주는지 영문을 알 수가 없었다. 설마 하니 자신을 상대로 고작 생일 선물을 자랑하려는 것은 아니지 않겠나.

진양이 조금은 어리둥절한 표정을 짓고 있는데, 주윤문이 빙그레 웃으며 탁자를 가리켜 말했다.

"하나 골라보시오, 양 소협."

"예?"

"저 탁자 위에는 선물로 받은 것들 중에서 특별히 병기구만 골라보았소. 저것들 중에 마음에 드는 것이 있다면 하나 골라보시오."

"저하, 어째서……."

"일전에 양 소협은 병기포에 갔었다고 하지 않았소? 보아 하니 그 뒤로 병기구를 아직 장만하지 못한 것 같은데 양 소협이 괜찮다면 그대에게 선물로 주고 싶소."

진양이 깜짝 놀라서 돌아보았다.

"저하, 어찌 제가 감히 받을 수 있겠습니까?"

"양 소협은 사양하지 마시오. 그동안 그대와 이야기를 나누면서 많은 것을 깨닫고 배울 수 있었소. 이건 내 마음이니 사양치 마시구려."

진양은 머리를 조아리면서도 내심 주윤문에게 감동을 받지 않을 수 없었다. 진양이 가만 보니 주윤문이 뜻을 굽힐 것 같지 않았다. 해서 그는 탁자 앞으로 걸어가서 찬찬히 병기구들을 살펴보았다.

탁자에는 도, 검, 봉, 활 등 다양한 병기구가 놓여 있었는데, 하나같이 예사롭지 않은 광채를 풍기고 있었다. 확실히 병기포에서 보았던 싸구려 용호검과는 비교도 되지 않을 기품이 풍겨 나왔다.

병기구를 찬찬히 둘러보던 진양은 탁자 한쪽에 놓인 두 자루의 병기를 바라보았다. 한 자루는 스님들이나 도가의 수행자들이 주로 들고 다니는 불진(拂塵)처럼 생긴 커다란 붓이었고, 다른 하나는 금빛으로 찬란하게 빛나는 판관필(判官筆)이었다.

진양은 제일 먼저 불진처럼 생긴 커다란 붓을 들어보았다. 척 보아도 글씨를 쓰기 위해 만든 붓이 아니라는 것을 단번에 알 수 있었다. 붓의 자루는 쇠몽둥이처럼 탄탄했는데 상당한 무게를 지니고 있었다. 두 자 정도 길이의 자루 가운데에는 수호필(守護筆)이라는 글씨가 음각되어 있었다.

'참 이상한 물건이다. 이 붓은 붓털이 매우 곱고 섬세하지만 글을 적기에는 너무 무겁다. 그렇다고 불진처럼 무기로 사용하기에도 좀 무겁지 않은가? 옆에 놓인 판관필은 흔히 보는 것들과 크게 다른 점이 없지만 금빛으로 빛나고 있어 실용성은 없겠구나.'

진양은 붓을 내려놓으려다가 천천히 기를 불어넣어 보았다. 그런데 놀랍게도 붓털이 사르르 움직이는 것이 아닌가? 물론 기가 강한 사람은 풀잎을 들고도 검처럼 사용할 수 있다고 한다.

하지만 진양은 이때껏 이렇게 기감에 민감하게 움직이는 무언가를 본 적이 없었다. 진양이 내공을 조절하자 붓털은 그에 따라 이리저리 휘며 사르륵사르륵 소리를 냈다. 마치 신체의 일부인 듯 느껴질 정도였다.

뒤에서 지켜보던 주윤문이 빙그레 웃으며 말했다.

"양 소협은 내공이 상당하구려. 이 수호필의 붓털은 은잠사로 만들어진 것인데, 공력을 주입하면 극히 민감하게 반응하는 것이 특징이오."

"정말 신기한 물건입니다."

"하하, 마음에 든다면 그것을 가지시오."

"하지만 제가 어찌 저하의 물건을 탐할 수 있겠사옵니까?"

"그러지 말고 그 수호필을 가지도록 하시오. 사실 양 소협이라면 처음부터 그걸 가장 마음에 들어할 것이라고 짐작했소. 내 추측이 맞았구려."

진양은 몇 번을 더 사양하다가 붓을 들고 가만히 보았다. 사실 처음에는 그저 신기해서 집어 들었을 뿐인데, 보면 볼수록 마음에 들었다. 공력을 주입해 붓털을 뾰족하게 세우면 상대의 요혈을 짚을 때 요긴할 것 같았고, 털을 얇고 넓게 펼치면 도처럼 상대의 살을 베어낼 수 있을 것 같았다.

'어쩌면 검법과 도법을 이 수호필에 적용시켜 펼쳐 낼 수 있을지도 모르겠다.'

결국 진양은 주윤문을 향해 깊이 읍을 하며 감사를 표했다. 주윤문은 진양이 자신의 선물을 받아주자 크게 기뻐하며 자리를 옮겼다.

두 사람은 후원의 정자에 올라서 간단히 다과를 들며 이런 저런 이야기를 나누었다. 진양은 차를 마시다가 문득 오늘 궁의 분위기가 평소와 달랐다는 것이 떠올라 물었다.

"저하, 오늘 분위기가 평소와 달리 어둡던데 무슨 일이 있었는지요?"

그러자 주윤문의 표정에 그늘이 졌다.

"오늘 할바마마의 심기가 불편하여 대전에서 신하 한 명을 크게 나무라셨소."

그제야 진양도 어찌 된 영문인지 짐작하고는 입을 다물었다.

이 시절의 주원장은 한창 공포정치를 펼치고 있었다. 황제는 이따금씩 대전에서 신하에게 매질을 하기도 했는데, 오늘이 바로 그런 날인 것이다. 이런 날이면 신하들은 그저 체면 불구하고 매질을 당해야 했고, 궁정의 분위기는 찬물을 끼얹은 듯 가라앉을 수밖에 없었다.

진양의 표정이 어두워진 것을 본 주윤문이 한숨을 길게 내쉬며 말했다.

"할바마마께서는 날이 갈수록 대신들을 의심하고 경계만 하시니 참으로 안타까울 뿐이오."

사실 진양 역시 주원장의 의심병에 의한 희생자이기도 했다. 십삼 년 전 호유용 사건으로 인해 가문이 멸문당했으니 주원장의 그런 모습이 곱게 보일 까닭이 없었다.

진양이 용기를 내어 조심스럽게 말했다.

"폐하의 지나친 처사로 인해 행여 민심이 흉흉해질까 봐 염려됩니다."

"사실 내 생각도 그렇소. 해서 얼마 전에는 직접 할바마마께 그리 말씀을 올린 적도 있소."

"어찌 되었는지요?"

"다음날 할바마마께서는 내게 가시나무 가지를 한 자루 주시면서 잡아보라고 하셨소. 나는 가시에 찔릴 것 같아 선뜻 잡지 못했는데, 그때 할바마마께서 그러셨소. '내가 이 가시들을 모두 제거한 뒤에 너에게 주면 될 일이 아니겠느냐?'라고 말이오."

그 말을 들은 진양은 가히 충격을 받지 않을 수가 없었다.

'어째서 황제는 개국공신들을 주인을 해칠 가시에 비유한단 말인가? 그토록 공신들을 의심하다간 훗날 누가 황제를 위해 싸울 자가 있겠는가?'

여기에 생각이 미친 진양이 차를 한 모금 들이켜고 나서 말했다.

"하지만 가시를 모두 뽑아버리고 나면 누구나 그 가지를 손에 쥘 수 있지 않겠습니까? 때에 따라서는 그 가시가 오히려 주인을 지키는 든든한 무기가 될 수도 있지 않겠습니까?"

진양으로서는 나름 뼈가 있는 말을 던진 것이었지만 아직 나이 어린 주윤문으로서는 그 의미를 미처 깨우치진 못했다.

그는 그저 사람 좋은 미소를 그리며 고개를 저었다.

"누가 그 나뭇가지를 쥐려고 하겠소? 이미 그 나뭇가지는 할바마마께서 내게 주시기로 한 것인데……."

진양은 조금 다르게 생각했지만 더 이상 반박은 하지 않았다. 진양은 어려서부터 부모를 여의었기 때문에 세상에 절대적인 것은 없다고 생각해 왔다.

하니 황권이라는 것도 별다를 것이 없다고 여긴 것이다. 그래서 가시나무 가지를 바로 황권에 비유하고 말한 것이었는데, 주윤문은 진양의 걱정이 쓸데없는 것이라고 단순히 치부하고 만 것이다.

'가시가 모두 뽑힌 가시나무의 가지는 결국 제 주인을 지키기는 힘들 것이다. 만약 황제가 정말 그 가시를 모두 뽑아버릴 생각이라면 이는 황태손에게도 좋지 않은 결과를 가져다줄 거야.'

진양은 자신의 생각을 속으로만 삼키며 차를 들었다.

그날도 진양은 주윤문과 함께 서예에 관한 깊은 이야기를 나눈 뒤 금룡표국으로 돌아왔다.

第二章
연서를 미행하다

神筆天下
신필천하

　금룡표국은 조만간 있을 연회를 준비하느라 몹시 분주한
시간을 보내고 있었다. 진양 역시 그 틈에 섞여 일을 하느라
좀처럼 시간이 나지 않았다. 때문에 그는 주윤문에게도 특별
히 사정을 설명하고 궁을 찾는 일이 드물어졌다.

　그런 중에도 진양은 조금이라도 여유가 생기면 유설에게
서신을 적어 보내곤 했다.

　표국 내에서 진양과 가장 사이가 좋은 사람은 바로 도장옥
이었다. 그는 처음부터 진양에게 호감을 품고 있었던 터라 진
양에 관한 일이라면 무엇이든 관심을 가지고 있었다. 최근에

는 진양이 황궁에 자주 드나들자 도장옥이 미소를 지으며 물어왔다.

"요즘 자주 궁을 찾던데 황태손 마마께서 양 소협을 좋게 보신 모양이오. 주로 무슨 이야기를 하시오?"

"하하, 별것 아닙니다. 저하와 제가 나이가 엇비슷하니 서로 뜻이 잘 맞아서 그렇겠지요. 그저 서예에 관한 잡담을 주고받을 뿐입니다."

"서예라? 그럼 양 소협께서는 서예에도 조예가 있으시오?"

"어려서 잠시 익힌 적이 있습니다."

"오! 그거 마침 잘됐소."

도장옥이 반색하며 말하자 진양이 고개를 갸웃거리고 물었다.

"무슨 일이신지요?"

"이번에 무림 각지에 초청장을 보내야 하는데, 글을 쓸 일이 내심 걱정이었다오. 아시다시피 내가 요즘 맡은 일이 워낙 많은지라 여유가 없소. 혹시 양 소협께서 괜찮다면 날 좀 도와주실 수 있겠소?"

"이를 말씀입니까? 표국의 일이 곧 제 일이고 도 표두님의 일 역시 처의 일이 아니겠습니까? 마침 제가 맡은 일이 그리 많지 않으니 성심껏 돕겠습니다. 한데 무슨 일을 하면 될는지요?"

"별일 아니오. 양 소협께서 서예를 익히셨다니 초청장을 시간이 되는대로 써주시기만 하면 되오. 나 역시 틈틈이 그 일을 맡아 하겠지만, 아무래도 혼자서는 시간이 부족할 듯해서 도움 받을 사람을 찾는 중이었다오."

"그런 일이라면 얼마든지 맡겨주십시오."

진양이 부드럽게 웃으며 말하자 도장옥이 감사한 표정을 지으며 고개를 끄덕였다.

"고맙소. 그럼 내가 오늘 저녁에 사람을 시켜 초청장을 받을 명부를 전해 드리겠소."

그날 밤 도장옥은 사람을 시켜서 진양에게 명부를 전해주었다. 진양이 명부를 펼쳐 보자 초청장을 받을 사람의 이름과 함께 간단한 신상명세가 기록되어 있었다. 신상명세에는 소속된 문파와 직위, 그리고 별호 등이 기재되어 있어 초청장을 쓰면서 참고하기에는 부족함이 없었다.

진양은 명부를 받은 김에 그날 밤을 새워 초청장을 적어나갔다. 각 초청장마다 그 내용을 달리해서 정성을 들여 초청장을 받는 사람의 입장에서는 오고 싶은 마음이 절로 들도록 만들었다.

다음날 아침 진양은 시종을 불러 밤새 쓴 초청장을 건네주었다.

"도 표두님께 전해주어라."

"알겠습니다."

시종은 허리를 꾸벅 숙이고는 곧장 초청장을 받아 들고 걸음을 옮겼다.

한데 그가 정원을 지나 막 건물 모퉁이를 돌아서는데, 마침 맞은편에서 걸어오던 유설이 그를 보고 불렀다.

"그것이 무엇이냐?"

"이번에 연회에 참석하실 분들에게 보낼 초청장인 줄로 압니다."

그 말에 유설은 문득 호기심이 생겼다.

평소 이런 연회가 자주 있었다면 그러려니 하고 넘겼을 테지만, 유설의 입장에서도 이번처럼 큰 연회는 실로 오랜만이었다. 사실 그녀가 철이 들고 나서는 처음으로 펼치는 연회였다. 때문에 그녀는 누가 오게 될 것이며, 그들에게 어떤 내용의 초청장이 전해질지 궁금했던 것이다.

"어디, 잠깐 보자."

그녀의 말에 시종이 다가가서 초청장을 내밀었다. 유설은 그중 하나를 집어 들어 펼쳐 보았다.

순간 유설의 두 눈동자가 크게 부풀었다. 그녀의 가녀린 손이 미세하게 떨었다. 옆에서 지켜보던 시녀가 걱정 섞인 표정으로 물었다.

"아가씨, 왜 그러시나요?"

"이… 이 글씨……!"

"예?"

시녀가 되물었지만 유설은 시종을 돌아보더니 다시 다른 초청장을 집어 들었다.

초청장에는 마찬가지로 수려한 필체로 쓰인 글귀들이 정갈한 모습으로 나열되어 있었다. 필획의 굵기가 다채로우면서도 아름답게 흘렀고, 글의 내용은 막힘이 없이 술술 읽혔다. 글 자체도 정중하고 다정다감한 내용이었지만, 글씨체가 몹시 뛰어나니 그 진실성이 배로 느껴지고 있었다.

유설은 다시 다른 초청장을 집어 들어 펼쳐 보았다. 역시나 아름다운 필체가 마치 유혹하듯 펼쳐져 있었다. 유설은 한참이나 그것들을 들여다보다가 시종에게 말했다.

"그대는 잠시 나를 따라오도록."

"예, 아가씨."

유설은 몸을 돌려 성큼성큼 걸음을 옮겼고, 시종은 영문도 모른 채 초청장을 들고는 그녀의 뒤를 따랐다. 그녀가 곧바로 찾은 곳은 자신의 방이었다.

"그것들을 탁자 위에 올려두어라."

"알겠습니다."

시종이 탁자에 초청장을 올려놓는 동안 유설은 수납장에서 무언가를 꺼내 가지고 왔다. 그것들은 바로 진양으로부터 받은 서신이었다.

그녀는 여러 장의 서신 중 몇 장을 펼쳐 들었다. 그리고 초청장의 글씨와 하나하나 비교하기 시작했다. 손가락으로 짚어가며 같은 글자를 찾아보니 과연 필체가 상당히 닮았다는 것을 알 수 있었다.

유설은 가슴이 뛰기 시작했다.

'이게 어떻게 된 걸까? 어째서 그동안 주고받은 서신의 필체와 초청장에 쓰인 필체가 같은 거지?'

글자는 쓰임새에 따라 약간의 차이가 있었지만, 적어도 한 사람이 썼다는 것은 분명히 알 수 있었다. 유설이 시종을 돌아보며 다그쳐 물었다.

"이 초청장을 쓴 사람이 누군지 아느냐?"

"그건 저도 잘 모릅니다. 다만 양 표두님이 오늘 아침 제게 주시면서 도 표두님께 전해 달라 했습니다."

시종이 공손히 읍을 하며 대답했다. 사실 진양의 정확한 직위는 표두가 아니었지만, 표국에서 일하는 사람들은 모두 그를 '양 표두'라고 불렀던 것이다.

유설은 가만히 초청장의 글씨를 바라보다가 말했다.

"도 표두께 전해 드리게."

"예, 아가씨."

시종이 물러가자 유설은 주위를 물리치고 잠시 생각에 잠졌다.

'틀림없이 초청장과 서신의 필체는 한 사람의 것이었어. 그럼 양 소협이 바로 서신의 상대라는 말일까? 하지만 서신의 남자는 처음 자신을 소개할 때 곽(郭) 씨라고 했잖아? 그러고 보니 얼마 전에는 상대를 사칭하는 가짜 서신도 왔었지. 도대체 이게 어떻게 된 거지?'

유설은 머릿속이 혼란했다. 이제는 진양이 어떤 목적을 가지고 자신에게 의도적으로 접근한 것은 아닌지 의심이 되기까지 했다.

'만약 양 소협이 처음부터 내게 서신을 보낸 사람이라면 그가 언제 날 본 것일까? 분명 그는 날 처음 본 것처럼 행동하지 않았나?'

유설은 방 안을 서성이며 거듭 고민을 했다. 상황이 이렇게 되고 보니 정여립이 왜 그토록 진양을 경계했는지 한편 이해가 되기도 했다.

'아무래도 안 되겠다. 이건 확실히 짚고 넘어가야겠어. 다음에 서신이 오면 답신을 적어준 뒤 미행을 해보아야겠다.'

결심을 굳힌 유설은 그날부터 서신이 도착하기만을 기다렸다. 그리고 닷새 뒤에 기다리던 서신을 받을 수 있었다.

여느 때와 다름없이 낭인으로부터 서신을 받은 유설은 떨리는 마음으로 종이를 펼쳐 보았다. 아니나 다를까, 일전에 받았던 서신과 마찬가지로 수려한 필체가 물 흐르듯이 이어지고 있었다.

평소처럼 간단한 시가 한 소절 적혀 있었고, 안부를 묻는 인사말이 이어져 있었다. 이미 의심으로 가득한 유설은 서신을 보면서도 마음이 흔들리지 않으려고 애를 썼다. 하지만 진양의 필체는 그러한 각오마저도 뒤흔들 만큼 아름다웠다.

유설은 심란한 표정으로 생각에 잠겼다.

'글씨는 마음의 창이라고 했다. 한데 이토록 수려한 글씨를 쓰는 자가 어째서 남을 속인단 말인가? 아니다. 아직 아무것도 확실한 것은 없지 않나? 단지 글씨만 보고 판단하기에는 이르다. 내 눈으로 직접 확인해 봐야겠다.'

유설은 낭인을 향해 말했다.

"내 답신을 적어줄 테니 잠시 기다려 주시겠소?"

"헤헤, 물론입지요. 꼼짝하지 않고 기다리겠습니다요."

유설은 고개를 끄덕이고는 방으로 돌아가서 간단하게 서신을 적었다. 서신은 조만간 있을 연회에 참여해 달라는 내용이었다. 그녀는 서신을 적으면서도 이 서신이 진양에게 전달되지 않기를 바랐다.

'양 소협이 나를 속일 리가 없다. 그가 왜 우리에게 접근을 한단 말인가?

그러면서도 마음 한편으로는 진양의 접근 의도를 의심하기 시작하고 있었다.

유설은 답신을 마저 적은 뒤 서신을 낭인에게 건네주었다.

"잘 부탁드리겠소."

"걱정 마십시오. 안전하게 전달해 드리겠습니다."

낭인은 히죽 웃어 보이고는 걸음을 옮겼다.

유설은 얼른 방으로 돌아가 옷을 갈아입은 뒤 표국을 나섰다. 마침 멀지 않은 곳에 낭인이 걸어가는 것이 보였다. 그녀는 적당히 거리를 두고 은밀히 미행하기 시작했다.

낭인은 길을 가다가도 이따금씩 주위를 자연스럽게 둘러보았다. 아무래도 미행이 있는지 없는지 살펴보는 듯했다. 유설은 그때마다 인파에 섞여 몸을 숨기거나 건물 모퉁이로 들어가 기척을 숨겼다. 낭인은 무인이 아니었기에 그의 이목을 속이는 것은 크게 어렵지 않았다.

한참을 따라가다 보니 낭인은 점점 웅천부의 외곽으로 가고 있었다. 유설은 내심 안도의 숨을 내쉬었다.

'이대로 계속 간다면 웅천부를 완전히 벗어나게 될 것이다. 만약 그가 웅천부를 벗어나면 더 이상 미행하지 않아도 되겠지.'

그녀는 이제 서신을 보낸 사람이 진양이 아닐 것이라고 거의 확신하고 있었다. 마음 한구석에서 그러길 바라고 있었기 때문에 더욱 성급한 결론을 내린 것인지도 몰랐다.

한데 어느 순간 줄곧 서쪽으로 가던 낭인이 북쪽으로 걸음을 돌리는 것이 아닌가? 그러더니 이내 서서히 북동쪽으로 커다랗게 반원을 그리고 있었다. 물론 그런 중에도 낭인은 줄곧 주위를 살피며 미행이 없는지 살피는 듯했다.

유설은 다시 불안한 마음이 생기기 시작했다

'저자는 어째서 응천부 외곽 지대를 거닐고 있는 거지?'

사실 이 모든 것이 진양의 부탁을 받고 행동하는 것이라는 것을 그녀는 까맣게 모르고 있었다. 진양은 낭인에게 심부름을 시킬 때마다 미행이 따라붙을 것을 의식해서 먼 길을 돌아오도록 지시했던 것이다. 이미 이 낭인은 몇 번이나 서신 심부름을 담당했기에 이런 행보가 익숙했다.

그는 발길 닿는 대로 마구 돌아다닌 뒤에 점점 진양이 있는 곳으로 가까이 갔다.

한편 그를 미행하던 유설은 시간이 지날수록 가슴이 쿵쾅거리며 뛰기 시작했다. 응천부를 배회하던 낭인이 점점 금룡표국이 있는 곳으로 되돌아가는 것이 아닌가?

'정말 서신의 상대가 양 소협이란 말인가?'

그녀의 표정에 근심이 드리워졌다.

저잣거리를 지난 낭인은 오른쪽에 나타난 다루 안으로 들어갔다. 유설은 더 이상 따라 들어가지는 못하고 다루 근처에

서성이며 살펴보았다.

대략 뜨거운 차 한 잔 마실 시간쯤이 지나자 들어갔던 낭인이 다시 되돌아 나왔다.

그를 본 유설은 순간 망설였다.

낭인을 따라가야 하나? 아니면 다루 안으로 들어가 봐야 하나?

낭인이 다루 안에 들어간 뒤 무슨 일이 있었을까?

어쩌면 지금쯤 그녀의 서신은 낭인이 가지고 있지 않을 수도 있었다. 다루에서 누군가에게 전해줬을 가능성이 컸다.

하지만 단지 차를 마시기 위해서 들어간 것이라면?

그럼 낭인을 따라가야 한다.

아니다. 낭인이 아무리 배가 불러도 다루에서 차를 마시겠는가?

'분명히 저 다루 안에서 서신이 다른 사람에게 전해졌을 거야!'

하지만 무슨 수로 서신을 받은 사람을 찾아낼 수 있을까? 서신을 전해 받았다고 이마에 써 있는 것도 아닐 텐데.

그렇다고 이대로 머뭇거릴 수만은 없는 일.

마음이 급해진 유설이 성큼성큼 걸어서 다루 입구로 다가가는데, 마침 문이 열리면서 한 남자가 불쑥 나타났다.

그는 바로 양진양이었다.

유설은 깜짝 놀라서 얼른 몸을 돌리고는 옆의 포목점을 기웃거렸다.

진양은 자연스럽게 주위를 한 번 둘러본 뒤 걸음을 옮기기 시작했다. 이렇게 되자 유설은 더욱 진양을 의심할 수밖에 없었다. 이 모든 것이 우연이라고 하기에는 너무나 공교롭지 않은가?

이제 유설은 자신이 적어준 답신이 진양에게 있을 거라고 확신하고 있었다. 남은 일은 진양이 무슨 목적을 가지고 자신에게 접근했는지 알아내는 것이었다.

유설은 지금까지 진양을 좋게만 보고 있다가 갑자기 이런 일이 벌어지자 몹시 배신감을 느꼈다. 마음 같아서는 당장 진양에게 달려가서 따지고 싶은 심정이었다.

하지만 그녀는 마음을 가라앉히고는 가만히 진양의 뒤를 밟았다.

진양은 곧장 금룡표국으로 돌아왔다.

유설 역시 그를 따라 표국으로 돌아왔다. 그녀는 방에서 다시 옷을 갈아입은 뒤 진양의 방으로 향했다. 마침 진양은 표사들의 무공 수련을 돕기 위해 연무장으로 간 후였다.

그녀는 지금껏 진양의 방에 함부로 들어간 적이 없었다. 진양이 다쳐서 황궁에 있을 때도 그의 방에는 들어가지 않았다.

하지만 지금은 진양을 의심하고 있는 상황에서 그런 예를 차릴 이유가 없었다. 망설임없이 진양의 방문을 열고 들어간 그녀는 방 안을 꼼꼼히 살피기 시작했다. 그러다가 베개를 들 췄는데, 오늘 자신이 적어준 서신이 곱게 접혀 있는 것이 아 닌가?

서신을 펼쳐 든 유설은 두 손을 부들부들 떨었다.

"정말… 정말… 그가 양 소협이었다니, 어쩌면 이럴 수가!"

의심이 완전한 사실로 드러나자 유설은 밀려드는 배신감 과 분노를 어쩌지 못했다. 아무리 좋은 쪽으로 생각해 보려고 해도 이해할 수가 없는 노릇이었다.

그녀는 지금까지 자신이 진양에게 농락당했다는 생각이 들자 수치스럽기도 하고 화가 나서 견딜 수가 없었다. 결국 허리춤에서 검을 '스릉!' 뽑아내고는 성큼성큼 걸음을 옮겼 다.

그녀가 막 방문을 열고 나가려는데, 마침 문이 열리더니 진 양이 안으로 들어왔다. 순간 진양은 유설을 보고 몸을 움찔 떨었다.

"어?"

진양이 어리둥절한 표정을 짓는데 유설이 일언반구도 없 이 검초를 펼치기 시작했다.

쉐에엑!

느닷없이 검기가 날아들자 진양이 깜짝 놀라 몸을 눕히며 피했다. 유설의 검이 그의 어깨를 아슬아슬하게 스치고 지나 갔다. 뒤미처 유설이 날카로운 기합성을 터뜨리며 다시 야아 관월 초식을 펼치며 쇄도해 들어왔다.

"허엇!"

진양은 혼비백산한 와중에 몸을 바닥에 굴려 가까스로 초 식을 피했다. 몹시 꼴사나운 모습이었지만 달리 대응할 방법 이 없었다.

"유, 유 낭자! 왜 이러십니까?"

진양이 얼른 소리쳐 물었지만, 유설은 공세를 멈추지 않고 월량낙산 초식을 연환식으로 펼쳤다.

"흥! 그대는 정말 몰라서 묻나요?"

진양이 얼른 뒤로 물러나며 소리쳤다.

"정말 저는 까닭을 모르겠군요! 내게 서운한 점이 있다면 우선 말로 하시는 것이 어떻겠습니까?"

"그대는 세 치 혀로 또 나를 농락하려고 하는군요?"

"농락하다니요? 내가 어찌 유 낭자를 농락한단 말이오? 그 러지 말고 내게 서운한 점이 있다면 말씀해 주십시오."

"그대의 약은 수작이 통할 줄 아나요?"

유설의 검세가 점차 매서워졌다. 진양은 도무지 말이 통하 지 않자 어쩔 수 없이 허리춤에서 수호필을 꺼내 들었다. 바 로 황궁에서 주윤문에게 선물로 받았던 강철 붓이었다.

까앙—!

청명한 금속성이 방 안을 가득 메웠다.

워낙 거세게 공격을 퍼붓고 있었던지라 유설은 갑자기 반격을 당하자 손아귀가 찢어질 듯 아팠다. 그녀는 더욱 날카로운 눈빛으로 진양을 노려보았다.

"흥! 이제야 본모습을 드러내시는군!"

"본모습이라니요? 낭자께서 내게 이토록 모질게 대하니 어쩔 수 없지 않소?"

"변명은 필요없어요! 내게 접근한 목적이 뭐죠? 우리 표국에 온 이유가 뭔가요?"

유설이 매섭게 몰아붙이며 다시 검을 휘둘러 왔다. 진양은 연신 붓을 휘둘러 유설의 공세를 막아내며 말했다.

"나는 도무지 무슨 소린지 모르겠소."

이쯤 되자 유설은 상대의 뻔뻔함에 더욱 화가 났다.

'내가 두 눈으로 물증을 확인했는데 끝까지 발뺌을 하는구나. 좋아, 당신 입으로 직접 실토하게 만들고 말겠어!'

그녀는 더욱 매서운 공세로 월야검법을 펼쳤다. 시간이 지날수록 유설은 점점 날카롭고 위협적인 검법을 펼쳤다. 그러던 어느 순간 그녀의 검봉이 진양의 허리를 노리고 날아들었다.

지금껏 진양은 상대가 여자인데다가 은인이나 다름없기에

거칠게 대할 수가 없었다. 한데 졸지에 급소를 공격당하니 저도 모르게 월야검법의 일장춘몽 초식을 전개하고 말았다. 순간 그의 붓이 부드러운 곡선을 그리더니 날아드는 검을 단숨에 쳐냈다.

까앙!

유설은 반탄되는 기를 버티지 못하고 뒤로 서너 걸음이나 물러났다.

그녀의 눈동자가 휘둥그레졌다.

"방금… 그건……?"

그제야 진양은 자신이 무의식중에 월야검법을 펼쳤다는 것을 자각하고는 입을 열었다.

"아… 이건… 내가 설명해 드리겠소. 그러니까……."

"흥! 목적은 월야검법이었나요?"

"그게 아닙니다!"

"그게 아니면 어느 틈에 월야검법을 익힌 거죠? 당신은 정말 가증스럽군요!"

"왜 내 말을 믿지 않소?"

"당신이 줄곧 나를 속였으니까요! 그래, 월야검법은 얼마나 훔쳐 익히셨나요? 우리 표국에서 무슨 음모를 꾸밀 작정이었죠?"

유설은 다시 검을 부리며 달려들었다.

이쯤 되자 진양은 답답함을 넘어서 조금씩 화가 나기 시작했다. 어떤 말을 해도 믿지 않으니 진양은 오기까지 생겨났다.

'유 낭자가 왜 날 의심하는지 모르겠지만, 그렇다면 내 진심을 확실히 보여주리라!'

만약 진양이 차분하게 앉아서 생각을 했더라면 유설이 이렇게 노한 까닭을 대충이나마 짐작할 수 있을지도 모른다. 하지만 지금은 갑자기 생사를 걸고 검공을 막게 돼서 아무런 생각도 떠오르지 않은 것이다.

진양은 현란하게 휘두르던 수호필을 어느 순간 거두어 버렸다.

"그렇게 믿지 못하겠다면 날 해하시오! 그럼 되지 않겠소?"

"그럼 어디 못할 줄 알아요?"

유설이 차갑게 소리치며 검을 내찔렀다. 그런데 진양은 두 눈을 부릅뜰 뿐 정말로 꼼짝을 하지 않는 것이 아닌가?

'이 사람, 정말 죽을 작정인가?'

당황한 유설은 검봉이 진양의 심장을 찌르기 직전에 힘의 방향을 틀었다. 하지만 워낙 다급하게 검로를 바꾼 것이라 뻗어나가던 검은 그대로 진양의 옆구리에 박히고 말았다.

"크윽!"

진양이 어금니를 질끈 씹으며 신음을 삼켰다. 막상 그의 옆구리에 깊은 상처를 내고 나니 더욱 놀란 쪽은 유설이었다. 그녀가 검을 거두며 어리둥절한 표정으로 물었다.

"왜… 왜……?"

"이렇게 하지 않으면 낭자께서 날 믿지 않질… 않소?"

유설은 머릿속이 혼란해져서 순간 아무런 생각도 떠오르지 않았다. 그저 당황한 마음으로 더듬더듬 말문을 열었다.

"그런… 그럼 당신은 정말 월야검법을 노리고 우리 표국에 접근한 것이 아니란 말인가요?"

"아니라고 하지 않았소?"

진양은 더 이상 유설이 공격할 기미를 보이지 않자 뒤로 비틀비틀 물러났다. 그런 뒤 침상에 걸터앉은 채 심호흡을 했다.

진양이 한숨을 내쉬고 침상을 내려다보니 베개가 옆으로 치워져 있었다. 그제야 진양은 유설이 왜 그런 오해를 하게 됐는지 어렴풋이 짐작할 수 있었다.

진양이 다시 길게 한숨을 내쉬었다.

"이제 보니… 내가 자초한 일이군요."

"뭘… 말인가요?"

유설은 미안한 감정과 경계하는 태도가 뒤섞여 애매한 말투로 물었다. 그녀는 여전히 검을 들고 진양을 겨누고 있었지만 더 이상 공격은 하지 않았다.

진양이 착잡한 어조로 말했다

"서신… 때문이지요?"

그 말에 유설의 표정이 흠칫 떨렸다.

진양이 씁쓸한 미소를 지었다.

"역시 그랬군요. 일찍 말했어야 하는 건데… 오히려 의심을 키우는 꼴이 되고 말았군요."

"……."

유설은 아무 말 없이 진양의 다음 말을 기다렸다. 진양은 혈도를 짚어 지혈을 한 뒤에 심호흡을 하고는 말을 이었다.

"서신을 적어 보낸 사람은 내가 맞습니다. 하지만 내가 아니기도 합니다."

"그게 무슨 소리죠?"

유설이 고운 이마를 찌푸리며 물었다.

진양이 유설을 보다가 힘겹게 말했다.

"그전에 검을 좀 거두어주시지 않겠소? 모든 이야기를 해 드리지요."

유설은 잠시 고민하는 기색을 보이다가 천천히 검을 거두었다. 그녀는 의자에 앉으며 말했다.

"이제 말씀해 보세요."

진양이 빙그레 웃으며 말했다.

"벌써 여러 해 전이지요. 나는 천상련에서 지낸 적이 있소."

진양은 자신이 어떻게 천상련으로 가게 됐는지, 또 천상련에서 어떻게 지냈는지 설명해 주었다. 그리고 곽연을 대신해서 서신을 써주었던 것까지 설명했다. 그 후 살인멸구를 피해서 도망친 일과 임패각을 만난 일, 그리고 금룡표국과 연이 닿게 된 과정을 이야기해 주었다.

한참의 이야기를 들은 유설은 진양의 말을 믿지 않을 수가 없었다. 워낙 막힘없이 술술 이야기를 하는데다, 이 말이 모두 거짓이라고 보기에는 너무 잘 꾸며진 이야기라는 생각이 든 것이다.

대신 그녀는 자양진경을 보여달라고 요구했다. 진양은 굳이 숨기고 싶지 않았기에 그녀에게 자양진경을 보여주었다. 유설은 자양진경을 보고 나서 비로소 진양의 말을 모두 믿을 수가 있었다.

자양진경에 새겨진 글자들은 실로 오묘함과 아름다움의 깊이가 끝이 없어 그녀로서는 도저히 흉내조차 낼 수 없는 필체였다.

진양이 어쩌다가 월야검법까지 익혔는지 모두 해명하자, 유설은 뒤늦게 부끄럽고 민망한 마음이 들어 고개를 들 수가 없었다.

"제가… 양 소협을 오해했군요. 어떻게 사죄를 드려야 할
지……."

"아닙니다. 제가 원인 제공을 한 셈이지요. 유 낭자께 진작
사실대로 말씀을 드렸어야 했습니다."

진양이 부드럽게 말하자 유설은 얼굴이 붉게 달아올랐다.
여전히 그에게 미안한 마음과 부끄러운 마음이 들어 어쩔 줄
을 몰랐다. 게다가 지금껏 연서를 주고받은 상대가 진양이라
는 것을 다시 상기하자 더욱 마음이 설레 진양의 두 눈을 마
주 보기가 힘들었던 것이다.

그녀가 어색함을 깨뜨리려는 듯 얼른 말을 돌렸다.

"그럼 그 곽연이라는 자는 양 소협을 죽이려고 했단 말이
군요?"

"그렇지요. 그자가 운이 좋아 살아남았다면 낭자에게 서신
을 보내왔을 겁니다."

유설이 고개를 끄덕였다.

사실 진양의 말대로 그동안 몇 번의 서신을 받은 적이 있었
다. 하지만 줄곧 진양의 필체로 서신을 주고받았던 유설은 그
것이 가짜 서신인 줄로만 알았던 것이다. 누군가 상대를 사칭
하고 있다고만 여겼다.

"맞아요. 몇 번의 서신을 받은 적이 있죠. 하지만 저는 그
게 가짜라고만 생각했어요."

"사실대로 따지면 그게 진짜 서신이지요."

진양이 부드럽게 웃으며 말했다.

유설은 부끄러운 표정으로 시선을 외면하다가 문득 생각나는 것이 있어 물었다.

"그렇다면 곽연이라는 자가 살아 있으니 양 소협을 만나면 안 되겠군요?"

"만나서 좋을 것이 없겠지요. 그들은 아마 제가 죽었다고 생각하겠지만, 살아 있다는 것을 확인한다면 반드시 죽여서 화근을 없애려고 하지 않을까요?"

"맞아요. 분명히 그럴 거예요. 한편으로 생각하면 양 소협이 곽연을 죽이지 않은 것이 다행이군요."

"어째서 그렇습니까?"

"만약 양 소협이 그를 죽였다면 천상련에서는 오히려 양 소협이 살아 있을 것이라고 여기고 더욱 찾으려고 했을지도 모르지 않아요?"

"생각해 보니 그도 그렇군요."

"하지만 그자가 살았으니 반대로 무공을 할 줄 모르는 양 소협은 죽었을 것이라고 추측할지도 모르죠."

"일리가 있는 말입니다."

"하지만……."

"왜 그러십니까? 무슨 문제라도 있습니까?"

진양의 물음에 유설이 근심 서린 표정으로 대답했다.

"얼핏 아버지께 들은 바로는 이번 연회에 천상련에도 초대장을 보낼 것으로 알고 있어요. 그럼 연회 자리에서 양 소협이 그들과 마주치게 되면……."

"천상련에 초대장을 보낸다고요? 하지만 제가 쓴 초청장에는 천상련이 없었는데……."

"초청장 일부는 지금 도 표두님이 쓰고 계시니 아마 그쪽 명부에 포함되어 있을 거예요."

"흐음."

진양이 침음을 흘리며 생각에 잠겼다.

그 부분은 미처 생각지도 못한 것이었다. 연회에서 천상련의 사람을 만나게 된다면 유설의 말대로 자신이 무사하기 힘들 것이다. 무언가 대책을 세워야만 했다.

그때 유설이 말했다.

"이런 일은 많은 사람이 알수록 좋지 않을 테니 더 이상 아무에게도 말씀하지 마세요. 저 역시 양 소협의 과거를 다른 사람에게 말하지 않겠어요."

"신경 써주셔서 감사합니다."

"아니에요. 오히려 죄송할 뿐인 걸요. 참! 제가 정신이 없군요. 지금 약을 가져올 테니 잠시만 기다리세요."

유설은 진양이 뭐라고 말을 꺼내기도 전에 얼른 문을 열고 나섰다. 사실 진양은 아까부터 상처 입은 옆구리가 불에 덴 듯이 화끈거렸다.

하지만 이제 모든 오해를 풀고 일이 잘 해결되고 나니 기분이 그 어느 때보다도 상쾌했다. 조금 있자니 유설이 금창약을 비롯한 몇 가지 약재를 가지고 돌아왔다. 그녀는 남자의 맨살에 손을 댈 수가 없는 노릇이라 약재만을 놓고 방을 나갈 수밖에 없었다.

사실 더 이상 한 방에 있어봐야 딱히 나눌 말도 없었고, 미안한 마음만 가득한지라 유설은 그날 더 이상 진양의 방을 찾지 못했다.

다행히 진양의 상처는 빠른 속도로 완치됐다. 도장옥 등이 진양의 상처를 알아보고 어찌 된 영문인지 물었지만, 진양은 그저 자신의 부주의 탓으로 돌리고 자세한 답변은 하지 않았다.

유설과 진양은 간간이 마주치긴 했지만 예전처럼 자연스럽게 대하진 못했다. 두 사람 모두 서로의 사정이 밝혀지고 나자 어쩐지 마주하기가 낯부끄러웠던 것이다.

그렇게 시간이 흐르고 연회의 날짜는 점점 다가와서 이제 오 일을 남겨두고 있었다.

유인표는 지금부터라도 손님을 맞이할 준비를 해야 하기

에 도장옥과 정여립, 그리고 유설과 진양을 대청으로 불렀다. 그들은 먼저 손님들이 머물 객청을 정리하고 방을 배정할 계획을 세웠다. 표국을 찾아오는 손님들 대부분은 무림의 인사들인데다 정파와 사파의 무인들이 함께 섞여 있으니 방을 배정하는 것도 유심히 신경 써야 할 부분이었다.

대략의 이야기가 끝났을 때, 유설이 문득 말문을 열었다.

"아버지, 연회가 되면 양 소협도 그분들께 소개시킬 건가요?"

"물론이다. 양 소협은 우리 표국의 은인이나 다름없으니 반드시 소개시킬 생각이다. 그리고 여러 영웅들과 함께 천의교의 음모를 상의할 때 양 소협이 함께 있어야 하지 않겠느냐?"

"그렇다면 양 소협이 다른 모습으로 변장하는 것은 어떨까요?"

"음? 그건 무슨 말이냐?"

"양 소협은 지금까지 우리 표국을 도와주려다가 여러 번 위기를 넘겼잖아요. 혹시 이번 연회에 천의교의 무리 중 누군가가 잠입할지도 모를 일 아니겠어요? 그가 또 양 소협을 알아보면 위험할지도 모르니까 안전하게 양 소협이 변장을 하고 있으면 괜찮지 않을까요?"

유설의 말에 진양은 내심 감동했다.

그녀는 얼마 전에 진양이 한 말을 계속 마음 쓰고 있었던 것이다. 말은 천의교 무리를 조심하기 위해서라고 하지만 실은 천상련의 무인이 진양을 알아보게 될까 봐 염려한 것이리라.

유인표는 딸의 이야기를 듣고 가만히 생각에 잠겼다. 확실히 천의교의 무인들은 지금껏 진양의 목숨을 위협해 오지 않았던가? 한편 생각하니 딸의 이야기에 일리가 있다고 판단했다.

"그것도 나쁘지 않구나. 양 소협, 자네 생각은 어떤가?"

"국주 어르신과 유 낭자의 배려에 감사드립니다. 저 역시 그편이 좋을 것 같습니다."

"그럼 그렇게 하도록 하세."

유인표가 시원스레 말했다.

그때 도장옥이 한마디 더했다.

"이번 생신에 쓸 수련(壽聯:생일날 대청 벽에 붙이는 축시의 일종)을 양 소협께 부탁하는 것은 어떻겠습니까? 양 소협의 필체가 몹시 수려합니다."

"하하! 양 소협이 수련을 써준다면 나야 영광이지 않겠소."

유인표의 말에 모두 웃음을 지었다.

第三章
무림인사들이 모이다

유인표의 예상대로 다음날부터 무림의 인사들이 표국을 찾아들었다. 먼 지역에 문파가 있는 사람은 일찌감치 길을 떠나면서 연회 날짜가 되기도 전에 도착하는 경우가 많았던 것이다.

유인표는 손님이 찾아올 때마다 환한 표정으로 맞이했다. 그는 직접 대문까지 나가서 인사를 나누고 객방을 안내해 주었다. 상대가 유명하지 않더라도 결코 얕잡아보는 기색이 없었다. 유인표의 이런 모습을 보면서 진양은 내심 많은 것을 배울 수 있었다.

한편 진양은 눈썹을 짙게 그리고 가짜 콧수염과 턱수염을 길게 붙였다. 거기에 뺨에 점을 몇 개 찍은 뒤에 거울을 보니 자신도 몰라볼 정도로 달라진 모습이었다.

연회를 하루 남기게 되자 찾아오는 손님들은 더욱 많아졌다. 표국의 시종과 시녀들은 눈코 뜰 새 없이 바빠졌고, 여러 보표들 역시 손님을 맞이하느라 정신이 없었다. 물론 그중에는 진양도 섞여 있었다. 진양은 손님들의 무공 실력이 저마다 출중한 것을 알아보고 내심 혀를 내둘렀다.

'과연 금룡표국이 이처럼 많은 인맥과 교분을 나누고 있으니 무림에서 누구도 무시할 수 없는 것이구나. 국주 어르신의 성품이 너그럽고 호방하니 많은 친구들을 사귀기에 부족함이 없다. 나도 많이 배워야겠다.'

이윽고 다음날이 됐다.

진양은 연회가 벌어질 대청에 커다란 대련을 써서 내걸었다. 물결처럼, 바람결처럼 새겨진 글씨는 가벼우면서도 묵직한 느낌이 있어 절로 신묘함을 풍겼다. 대련을 본 사람들마다 혀를 내두르며 칭찬하지 않는 자가 없었다. 유인표 역시 크게 흡족해하며 진양에게 감사를 표했다.

이날 제일 처음 표국을 찾아온 사람은 바로 무당파의 제자였다. 그는 바로 범여자(範如子)라는 도명을 쓰는 구정광(丘正

洸)이었는데, 무당파 장문인의 대제자로 사십대 중반의 사내였다.

"어서 오십시오. 먼 길 오시느라 고생이 많으셨습니다."

유인표가 극진히 예를 갖추며 인사를 건네자 구정광이 부드럽게 미소 지으며 겸사했다.

"아닙니다. 응천부에는 이틀 전에 도착해서 푹 쉬고 오는 길입니다."

"이틀 전에 도착하셨다고요? 그럼 더 일찍 찾아오시지 않고……"

"하하! 제가 너무 서둘러 일찍 도착한 것일 뿐입니다. 어찌 국주님께 신세를 지겠습니까?"

"신세라니요, 오늘만이라도 푹 쉬십시오."

"감사합니다."

구정광이 공손히 읍을 하며 대꾸했다.

진양은 곁에서 이런 그의 모습을 보며 내심 감탄을 금하지 못했다.

'과연 당금의 무당파는 무림의 태산북두라고 하더니 명불허전이로다. 이처럼 예를 다하니 어찌 문 내에서 영웅이 나오지 않겠는가?'

구정광을 안내하고 나자 중원 각지에서 온 무림 인사들이 속속 도착했다. 워낙 많은 사람들이 연이어 찾아오자 유인표는 그 모든 사람들을 하나하나 접대할 수가 없었다. 한 명을 안내해 주면 그사이에 또 다른 손님이 찾아오곤 했기 때문이다.

정오가 지날 때쯤이었다.

갑자기 표국의 정문에서 시끄러운 소리가 들려왔다.

"아니, 왜 막는 거야?"

"저… 나리, 막는 것이 아니라 저희가 신분을 알아야 안내를 해드릴 수가 있는지라……."

"아까 말했잖아! 나는 서요평(徐要平)이고, 이쪽은 서운지(徐雲芝)라고!"

"그러니까 저희가 알아보는 동안 잠시만 기다려 주시면……."

"뭘 또 기다리라는 거야? 우리를 모른단 말이냐?"

그러자 다른 목소리가 들려왔다.

"하하! 형님, 이자들은 그저 잠시 기다려 달라는 것뿐인데 뭘 그리 성질 급하게 구시오? 조금만 더 기다려 봅시다."

"이 멍청아! 너는 화가 나지도 않냐? 이 바보들이 우리를 몰라보잖아!"

"하하, 우리보고 욕하면서 알아보는 것보다 모르는 게 더 낫지 않겠수?"

"흥! 알아보면 알아보는 거지, 왜 욕을 하면서 알아보냐?"

"형님이 괴롭힌 사람이 많으니까 욕하는 사람도 많은 것 아니오?"

"나는 사람을 괴롭히지 않아! 날 괴롭힌 사람만 혼내줄 뿐이야!"

진양은 이들의 대화 소리를 들으면서 무척 이상하다고 생각했다. 한 명은 연신 웃음기를 머금은 목소리였고, 다른 한 명은 시종 화가 잔뜩 난 사람의 목소리였다.

진양이 문으로 다가가서 시종에게 물었다.

"무슨 일이오?"

"아, 양 표두님, 이분들이 연회에 참석하시겠다고……."

진양이 고개를 돌리고 바라보았다.

한 사람은 무척 키가 작고 통통한 몸이었고, 다른 한 명은 키가 멀대 같이 크고 비쩍 마른 몸이었다. 이 두 사람은 체구와 키가 몹시 차이가 났지만, 얼굴 생김새는 어지간히 닮은 구석이 있었다. 아마도 친형제인 모양인데 나이는 둘 다 육순이 넘었을 듯했다.

두 사람 역시 진양을 보더니 동시에 말했다.

"참 기품있게 생기셨군!"

"참 못생겼다!"

칭찬한 사람은 키가 큰 자였고, 흉을 본 자는 키가 작은 사람이었다. 그러자 키가 작고 통통한 자가 버럭 소리쳤다.

"이 멍청아! 이 얼굴 어디가 기품있게 생긴 거냐?"

"눈썹이 짙고 수염을 멋들어지게 길렀으니 기품이 있지 않소? 게다가 왼쪽 뺨에 난 굵은 점은 그야말로 복점이라 할 수 있지 않겠소?"

"멍청아! 눈썹은 꼭 먹칠한 것 같고 수염은 염소 같은데 뭐가 기품이야? 게다가 저 뺨에 난 점은 길보다 흉이 많은 자리다!"

"하하, 형님은 너무 부정적이시오."

"네가 너무 생각이 없는 거지!"

진양은 옥신각신하는 두 형제를 보고 있자니 화가 나기보다는 어이가 없고 우습기만 했다. 그가 빙그레 웃으며 물었다.

"두 분의 높으신 존함을 여쭈어도 되겠습니까?"

"몇 번을 말하는 건지 모르겠군! 나는 더 이상 말하지 않을 테다!"

키 작은 영감이 말하자 옆에 있던 멀대영감이 대꾸했다.

"하하, 우리 형님을 이해해 주시오. 나는 서운지라고 하고 이쪽은 내 친형님으로 서요평이라고 하오. 우리는 복건 지방에서 왔다오."

"그렇군요. 두 선배님께서는 혹시 초청장을 가지고 계신지요?"

진양은 강호 인물들에 대해서 아는 바가 별로 없었기에 초청장을 보고자 했다. 초청장을 보면 그들이 정사의 어디에 속하는지 대충이나마 알 수 있기 때문이었다.

그때였다.

마침 손님 한 명을 안내해 주고 돌아 나오던 유인표와 유설이 이들을 보고 얼른 달려왔다.

"이게 누구십니까? 사상이협(思想二俠)이 아니십니까? 어서 오십시오."

"흥! 이제야 우리를 알아보는구만!"

유인표의 인사에 서요평이 콧방귀를 뀌며 시선을 외면했다. 유인표가 거듭 사죄를 하며 그 두 사람을 안내했다. 진양과 유설은 감히 나서기가 어려워 다른 손님을 안내했다.

나중에 진양이 유인표가 돌아오는 것을 보고는 물었다.

"국주 어르신, 그분들은 누구입니까?"

그러자 유인표가 껄껄 웃으며 말했다.

"그들은 사상이괴(思想二怪)라고 하네. 하지만 그들은 그 별호를 좋아하지 않아서 내가 사상이협이라고 고쳐 불렀던 것일세."

"그 두 분의 성품이 독특하시더군요. 한 분은 시종 화만 내시고 동생 되는 분은 내내 웃음을 머금고 계시더군요."

"그건 그들이 익힌 무공 때문이라네. 형인 서요평은 부정심공(不定心功)을 익혔고 동생인 서운지는 긍정심공(肯定心功)을 익혔지. 부정심공은 음의 기운이 강하고 긍정심공은 양의 기운이 강해서 두 형제가 따로 싸우면 효력이 보잘것없지만 함께 싸우면 음양이 조화를 이루어 어지간한 고수도 당해내기 어렵다네. 하지만 이는 심공이기에 무공을 익히는 자의 마음에도 영향을 미치지. 때문에 형은 사사로운 것에도 툭하면 부정적으로 생각하게 됐고, 동생은 무엇이든 대책없이 긍정적으로 보는 경향이 생긴 거지. 그래서 저 둘이 막상 대결을 펼치게 되면 매우 강하지만, 대결을 펼칠 때까지 좀처럼 의견이 일치되는 경우가 없다네. 그래서 거의 싸울지 말지 생각만 하다가 상황이 끝나 버린다네."

함께 이야기를 듣던 유설이 배를 잡고 웃었다.

"정말 재미있는 분들이네요. 그래서 별호도 사상이괴군요? 그런데 저분들도 아버지가 초청하신 거예요?"

"아니다. 나도 저들을 한두 번 보았을 뿐이다. 마땅히 정해진 거처가 없기 때문에 처음부터 초청장을 보내지 않은 것인데, 우연히 우리 연회 소식을 들은 모양이구나."

그러는 사이 또 한 사람이 표국을 찾아왔다. 그는 황색 가사를 걸친 승려였는데, 눈썹이 짙고 길며 꾹 다문 입술이 강직하게 보이는 인상이었다.

그는 바로 소림에서 온 혜방 선사(蕙芳禪師)였다.

진양은 그를 보자 첫눈에 무공의 깊이가 몹시 심후하다는 것을 느낄 수 있었다. 유인표는 극진히 예를 다하며 혜방 선사를 안내했다.

그 뒤에도 개방, 청성파, 공동파 등 구파일방에 속한 무인들이 속속 도착했다. 또한 남옥을 비롯한 고위 관료들 역시 유인표의 생일을 축하하기 위해 찾아왔다.

이렇게 해가 질 때까지 찾아온 손님만 해도 무려 일흔 명이 넘을 정도였다.

이날 저녁 금룡표국은 너른 후원에 자리를 마련해 연회를 열었다. 많은 사람들이 유인표에게 축하 인사를 건넸고, 유인표 역시 미소로 답례했다.

연회 분위기는 화기애애하게 진행됐지만, 사실 그 이면에는 묘한 긴장감이 시종 지속되고 있었다. 금룡표국이 주로 정파와 교분을 쌓고 있긴 하지만, 이 자리에는 사파의 무인들도 꽤 포함되어 있었기 때문이다.

하지만 손님 중 상당수가 정파의 무인들이었고, 사파에 속한 무인들은 아직까지 소수에 불과했다. 때문에 사파에서도 적당히 몸을 사리며 분위기에 녹아들었고, 정파의 무인들도 유인표의 체면을 생각해서 그들에게 시비를 걸지 않았다. 사상이괴의 경우에는 정사 어디에도 예속되지 않은 자들이었기에 아무런 눈치도 보지 않고 연회를 즐겼다.

그런데 분위기가 무르익고 술이 몇 순배 돌자 연회의 상석에 앉은 누군가가 불쑥 큰 소리로 외쳤다.

"흥! 요즘이야 정사의 구분이 모호해지고 때때로 무리없이 어울리지만, 옛날에는 가당키나 한 소리였소? 우리 정도의 무인들은 사도의 무리를 보면 모조리 죽여 악을 뿌리 뽑겠다는 일념밖엔 없었지!"

그 말에 사람들이 고개를 돌려 그를 바라보았다. 얼굴빛이 불그스름한 노인이었는데, 얇은 입술과 커다란 코, 그리고 쭉 찢어진 눈매는 어쩐지 고집스러워 보이는 인상을 풍겼다.

그는 바로 청성파의 장로인 청성고검(靑城古劍) 척금송(戚金松)이라는 노인이었다. 그는 사마외도의 무리를 원수처럼 미워하는 자였는데, 오늘 표국에 와서 보니 사파의 무인들이 다수 있는 것을 보고 몹시 심기가 불편했던 것이다. 그러던 차에 마침 술자리에서 사파의 이야기가 나와 불쑥 소리친 것이다.

그의 목소리가 너무 크다고 느낀 도장옥이 유인표의 체면을 의식해서 부드럽게 웃으며 말했다.

"척 장로님 말씀이 무슨 뜻인지 알겠습니다. 하나 몽골족 오랑캐의 지배를 받던 시절, 정사의 무인들이 한마음으로 나라를 위했기에 오늘과 같은 날이 오지 않았겠습니까?"

"홍! 하나 여전히 사마외도의 무리는 나쁜 짓을 일삼고 있으니, 그들과 오랑캐가 다를 것이 뭐가 있단 말이오?"

척금송이 냉랭하게 말하자 도장옥이 입을 다물며 대꾸하지 않았다. 물론 반박을 하려면 못할 것도 없겠지만, 이 고집스런 노인은 그 반박에 다시 토를 달 것이 분명했다. 때문에 자칫 술자리를 흉흉하게 만들 수 있는 이야기는 이쯤에서 매듭짓는 것이 좋겠다고 판단한 것이다.

그때 다른 자리에서 술을 마시던 무인 한 명이 버럭 소리쳤다.

"그럼 정파의 무인들은 모두 광명정대하단 말인가? 정공을 익히고도 악한 짓을 일삼는 위선자들은 도대체 뭐란 말인가? 또한 사공을 익혔지만 정의를 위하는 자들은 없단 말인가?"

그 소리에 척금송이 눈알을 희번덕이며 소리쳤다.

"방금 말한 자가 누구냐?"

그러자 무리에 섞여 있던 한 청년이 자리에서 일어났다. 그는 흑색 두건을 머리에 두르고 있었는데, 한쪽에 검은 안대를 차고 있는 애꾸였다.

"후배, 섬서에서 온 지승악(池承惡)이라고 합니다."

말투는 공손했지만 그의 표정과 억양은 자못 거칠어 보였다. 그는 요즘 섬서 지역에서 명성을 떨치고 있는 철혈문(鐵血門)의 대제자였다. 철혈문은 검술과 암기를 주로 다루는 문파였는데, 그 손속이 매우 잔인해서 사공으로 분류되고 있었다.

그를 본 척금송이 코웃음을 쳤다.

"금룡표국도 이제는 인맥을 정리할 때가 됐구려. 어디서 듣도 보도 못한 녀석이 이런 자리에서 함부로 설치는군."

그 말에 지승악이 발끈해서 나서려고 하는데, 유인표가 부드럽게 웃으며 말했다.

"지 대협은 섬서에서 유명한 철혈문을 대표해서 온 것입니다."

"지 대협? 철혈문? 철혈문이 어느 틈에 그리 유명해졌단 거요? 거긴 뭐하는 곳이오?"

그러자 지금껏 듣고만 있던 텁석부리사내가 벌떡 일어나서 소리쳤다. 그는 바로 혈사채를 대표해서 온 위사령이었다.

"척 선배께서는 말씀이 지나치시군요. 철혈문이 청성파에 저지른 잘못이 없다면 어찌 그리 함부로 말씀하시는 겁니까?"

"거긴 또 뉘신가?"

"혈사채의 위사령이외다."

척금송이 눈살을 찌푸리며 한숨지었다.

"가지가지 모였군!"

그러자 지승악이 참지 못하고 소리쳤다.

"척 장로께서 그토록 경멸하시는 사마외도의 무리가 오랑 캐를 물리친 것은 어찌 생각하십니까? 몽골족 오랑캐가 우리 한족을 지배하고 있을 때 누구보다 앞장서서 싸운 자들은 바 로 그대들에게 마교라고 지탄받던 명교의 신도들이었습니 다. 그리하여 지금의 대명제국이 탄생한 것입니다. 이는 어찌 보십니까? 설마 이 나라를 세우신 황제 폐하마저도……."

"닥쳐라! 네놈의 입이 방종이구나!"

척금송이 얼굴이 시뻘겋게 달아올라서 소리쳤다.

이 자리에는 대장군 남옥을 비롯한 여러 관료 대신들이 포 함되어 있었다. 한데 이런 자리에서 저 새파랗게 어린 애송이 가 자신을 대역무도한 죄인으로 만들고 있으니 피가 거꾸로 치솟는 기분이었다.

상황이 요상하게 흘러가자 지켜만 보던 남옥이 껄껄 웃으 며 나섰다.

"됐소, 됐소. 오늘은 유 국주의 생일인데 이렇게 흉흉한 분 위기를 만들어서야 되겠소? 자자, 모두 한잔들 하십시다! 유 국주, 다시 한 번 생일을 축하하네!"

"감사합니다, 대장군."

그제야 사람들이 술잔을 들어 올리며 저마다 유인표에게 축하 인사를 건넸다.

그때 시종 하나가 달려와서 유인표를 향해 말했다.

"국주 어르신, 천상련에서 손님이 오셨습니다."

그 말에 다시 죄중이 술렁이기 시작했다.

한편 지금껏 사마외도라고 은근한 무시를 받고 있던 지승악과 위사령은 조금 어깨를 펼 수 있게 됐다. 지금까지 상석에는 온통 정파의 무인들만 가득했는데, 이제 천상련에서 사람이 왔다니 어쩔 수 없이 상석에 자리를 만들어야 할 터였다.

유인표가 얼른 손님을 맞이하러 가는데, 마침 건물 모퉁이를 돌아오는 두 사람이 보였다. 그중 중년 사내가 말했다.

"유 국주님은 일부러 나오시지 않아도 됩니다."

"어서 오십시오. 이렇게 찾아주셔서 감사합니다."

"천상련을 대신해 생신을 축하드립니다."

"감사합니다."

한편 진양은 천상련에서 왔다는 이 두 사람을 보다가 흠칫 떨었다.

'왔구나, 곽연!'

두 사람 중 한 사람은 분명 자신을 죽이려고 했던 곽연이다. 다른 한 사람은 자신을 창천당주(暢天堂主) 왕자헌(王子軒)이라고 소개했다. 그리고 곽연을 가리켜 부당주라고 소개했다. 아마도 그사이에 곽연의 지위가 조금은 상승해서 천보각에서 창천당으로 옮겨 부당주가 된 모양이다.

진양은 오랜만에 곽연을 보자 내심 가슴이 떨려왔지만 크게 놀라지는 않았다. 곽연이 첫눈에 반했다는 사람이 바로 유설이었으므로 분명 이번 기회에 그가 금룡표국을 찾아오리라 짐작했던 것이다. 어쩌면 천상련 내에서 곽연이 꼭 가기를 원했기에 창천당주가 직접 그를 데리고 온 것인지도 몰랐다.

아나나 다를까, 곽연은 주위를 두리번거리며 유설을 찾더니 이내 그녀에게 한번 던진 시선을 거둘 줄을 몰랐다. 그는 유설 옆에 앉아 있는 진양을 보긴 했지만, 변장을 한 모습이었기에 누군지 알지 못하는 눈치였다.

진양이 귓속말로 유설에게 말했다.

"저자가 바로 곽연입니다."

유설이 고개를 살짝 끄덕이고는 곽연을 보았다. 막상 그를 보자 실망감과 함께 묘한 분노마저 느껴졌다. 곽연이 자신을 마음에 두고 서신을 보냈다지만 따지고 보면 자신을 속인 것이 아닌가? 물론 진양도 마찬가지지만, 그 당시 진양은 아주 어린 소년이 아니었던가. 단지 강요에 의해 어쩔 수 없이 연서를 쓴 것이다. 그 때문에 진양은 며칠 전 몸에 검상까지 입었다.

어떤 면에서 보자면 이 자리에서 가장 큰 피해자이자 수혜자라고 볼 수 있는 사람은 바로 양진양이었다.

유설은 진양에게 미안한 마음이 있는지라 이러한 감정이

모두 곽연을 원망하는 마음으로 옮겨갔다. 그러니 곽연이 곱게 보일 리가 없었다.

그녀가 진양의 귀에 대고 물었다.

"그럼 저자가 양 소협을 죽이려고 했단 말인가요?"

진양이 씁쓸히 웃으며 대꾸했다.

"그렇습니다."

그 말을 듣자 유설은 더욱 차가운 표정으로 곽연을 바라보았다.

어쨌거나 후원에 천상련의 창천당주가 등장하자 좌중은 싸늘한 침묵에 잠겼다. 묘한 긴장감이 흐르는 가운데 왕자헌과 곽연이 상석으로 와서 앉으려 했다.

그때 유설이 인사를 건넸다.

"안녕하세요. 유설이라고 합니다. 어느 분이 창천당주이신지요?"

유설은 일부러 질문을 하면서 곽연을 빤히 바라보았다. 마치 그가 창천당주라고 생각하는 듯한 행동이었다.

그러자 곽연은 얼굴이 발갛게 달아오르고 가슴이 뛰었다. 반면 왕자헌은 내심 기분이 나빠졌다. 이토록 아리따운 여인이 자신의 부하를 보고 더 예를 차리니 질투심마저 일어난 것이다.

그가 헛기침을 하자 곽연이 얼른 정신을 차리고 말했다.

"아, 예. 이분이 당주님이십니다."

그제야 왕자헌도 미소를 띠며 인사했다.

"이 왕 아무개가 유 낭자를 뵙게 되어 영광이오."

"별말씀을요. 당주 어르신께서는 이리 앉으시지요."

"허허, 고맙소."

유설은 일부러 왕자헌에게만 자리를 권했다. 모두들 자리에 앉고 나자 곽연도 막 앉으려는데 유설이 시종을 소리쳐 불렀다.

"뭣들 하느냐? 곽 부당주님께 자리를 안내해 드리지 않고."

"예, 아가씨."

시종들이 멀리서 대답하며 달려왔다.

그녀는 곽연을 상석이 아닌 다른 자리에 안내하라고 이른 것이다.

사실 유인표와 남옥 등이 함께 있는 상석의 자리에는 각 문파의 대표 한 사람만이 앉아 있었다. 때문에 그녀의 처사는 그리 야박한 것이 아니었다. 오히려 천상련의 권세를 믿고 아무 생각 없이 상석에 앉으려고 한 곽연이 잘못이라면 잘못이었다.

마침 그 모습을 본 척금송이 껄껄 웃으며 말했다.

"천상련의 부당주가 이런 곳이 익숙하지 않다 보니 정신이 없나 보구려."

곽연은 여러 사람 앞에서 창피를 당하자 얼굴이 발갛게 달아올랐다. 그는 내심 유설이 원망스러웠지만, 오랫동안 흠모하던 여인인만큼 내색은 하지 않았다.

왕자헌은 척금송의 가시 박힌 말이 듣기 싫어 툭 쏘듯이 말했다.

"이곳에 앉으신 것을 보니 무공이 출중하신 분인 듯한데 존함이 어찌 되시는지요?"

"흥! 천상련의 창천당주도 안목의 깊이는 어쩔 수 없나 보구려. 나, 척금송이오."

그러자 왕자헌이 고개를 갸웃거리며 중얼거렸다.

"척금송… 척금송이라……. 흐음, 곽 부당주, 들어본 적이 있는가?"

곽연은 왕자헌의 의도를 눈치채고는 비웃음을 띠며 말했다

"글쎄요. 속하가 아둔해서 잘 기억이 나지 않습니다."

척금송은 이들이 일부러 무례하게 행동한다는 것을 알고 있었지만, 화가 나는 것은 어쩔 수가 없었다. 그가 막 소리치려는데 왕자헌이 무릎을 탁 치며 말했다.

"아! 바로 청성고검이시군요. 한참 생각했습니다. 여기 계신 다른 분들은 모두 바로 기억이 났는데 하필……. 정말 죄

송합니다. 말씀하신 것처럼 제 안목의 깊이가 얕은가 봅니다. 하하하!"

"흥!"

척금송이 코웃음을 치고는 시선을 외면해 버렸다.

한편 곽연은 유설과 함께 앉지 못한 것이 못내 아쉬웠다. 하지만 뾰족한 수가 없으니 다른 자리로 옮겨 앉을 수밖에 없었다.

밤이 깊어가면서 술자리는 더욱 무르익어 갔다. 고위 관료들이 함께 있는 만큼 이따금씩 정치에 관한 이야기가 나왔지만, 그런 이야기들은 길게 이어지지 않았다. 요즘같이 흉흉한 시기에 자칫 이야기를 잘못 꺼냈다가는 무슨 변고를 당할지 알 수 없기 때문이다.

대신 이야기는 무공에 관한 이야기로 떠들썩하게 이어졌다.

그러다가 문득 개방의 장로인 취적개(醉赤丐)가 큰 소리로 말했다.

"역시 검공하면 또 금룡표국의 월야검법을 빼놓을 수 없을 게요. 특히 오늘처럼 달 밝은 밤이야말로 월야검법을 견식하기에는 더없이 좋지 않겠소? 어떻소, 유 국주께서는 이 기회에 여러 사람들의 안목을 높여주시는 것이?"

"하하, 과찬이십니다. 월야검법은 우리 선조가 만든 검법으로 그 깊이가 심오한 것은 사실이나 불초는 그 뜻을 모두 깨우치지 못했습니다."

"킬킬, 유 국주께서는 너무 겸사하지 마십시오. 제가 예전부터 월야검법의 명성을 들어왔던지라 이 기회에 한번 견식해 보고 싶어서 그러는 것뿐이오."

그러자 무당파에서 온 대제자인 구정광이 말했다.

"저도 이 기회에 한번 견식해 보고 싶습니다."

상황이 이렇게 되자 유인표는 부드럽게 웃으며 말했다.

"그렇다면 제 여식을 통해 잠깐 보여 드리지요. 전 이미 저물어가는 몸이 아니겠습니까?"

"하하! 국주님께서는 지나치게 겸손하십니다. 하지만 따님의 자태가 고우니 필시 검법도 아름답게 펼칠 것 같습니다. 한번 견식해 보고 싶습니다."

그러자 사람들이 모두 박수를 치며 환호했다.

유인표가 유설을 돌아보며 고개를 끄덕이자 유설이 자리에서 일어났다. 그녀는 후원 한가운데로 걸어가 사방을 향해 포권을 취해 보이고는 자세를 잡았다.

이윽고 그녀가 월야검법의 초식을 펼치기 시작했다. 마치 밤의 정원에 달빛이 떨어져 수 놓이듯이 아름답고 찬란한 검식이 우아하게 펼쳐졌다. 보는 이마다 입을 쩍 벌리고 다물

줄을 몰랐다.

패도적인 면에서 보자면 분명 유설의 검초는 어딘지 많이 미흡했다. 하지만 그녀의 아름다운 외모와 더불어 달빛 아래 너울너울 춤을 추듯 이어지는 검식은 하나의 예술 작품을 감상하는 듯했다.

그녀가 마지막으로 일검을 내찌른 후 자세를 바로잡자 한동안 좌중은 쥐 죽은 듯 고요했다. 잠시 후 사람들이 우레와 같은 함성을 내지르며 갈채를 터뜨렸다.

"유 낭자의 아름다움에 달빛마저 숨을 죽이는 듯합니다! 하하하!"

"태어나서 이처럼 아름다운 검식을 본 적이 없는 것 같습니다!"

"과연 천하의 미인이십니다!"

저마다 과장을 보태가며 칭찬을 아끼지 않았다. 유인표는 담담하게 미소를 지으며 답례했다.

그때 좌중에서 누군가 불쑥 소리쳤다.

"흥! 월야검법은 계집의 검법이로군. 움직임이 부드럽지만 너무 가벼워서 어디 풀포기나 베어내겠나?"

사람들의 시선이 일제히 소리가 난 방향으로 옮겨갔다. 진양도 그들과 함께 고개를 돌리자 바로 낮에 보았던 사상이괴 중 한 명인 서요평이 팔짱을 낀 채 냉랭한 표정으로 앉아 있었다.

그때 그의 옆에서 술을 한 잔 마신 서운지가 껄껄 웃으며 말했다.

"형님, 선녀처럼 아름다운 유 낭자가 아주 화려하고 멋진 검식을 펼쳤는데 그게 무슨 무례한 말씀이오? 내 보기에는 아주 좋더이다."

"멍청아, 그러니까 넌 무공이 늘지 않는 거야. 저렇게 나풀나풀 춤추는 듯한 무공이 뭐가 화려하고 멋있단 말이냐? 저건 단순히 검무(劍舞)에 지나지 않는다."

"하지만 이 자리는 흥겨운 자리이니 굳이 살벌한 초식을 전개할 필요는 없지 않수?"

"흥겨운 자리라면 살벌한 초식을 펼쳐도 흥겨울 것이다!"

"자자, 그리 화내지 마시고 술이나 드십시다. 여기 유 대인께서 도량이 넓어 우리를 내치지 않고 받아준 것만 해도 어디요? 그래서 이렇게 공짜 술을 실컷 마실 수도 있으니 이 기회를 놓쳐서야 되겠소?"

"흥! 그자의 하인들은 우리를 문전박대하려고 했다! 너는 그새 그걸 잊었느냐?"

"하지만 이렇게 술자리에 앉아 있지 않소?"

"멍청아! 그건 우리가 소란을 일으킬까 봐 그런 것이다!"

"그럴 리가 있겠소? 유 대인은 예로써 우리를 대한 것이외다."

"네가 유 국주의 마음속을 들여다보기라도 했느냐? 열 길 물속은 알아도 한 길 사람 속은 모르는 법이니라!"

"좋게 생각합시다, 좋게."

"좋게? 그렇게 안일하게 지내다간 언젠간 큰일당할 날이 올 게다!"

"그런 날이 안 오도록 하면 되지요."

"올 거다! 반드시!"

사상이괴는 이제 전혀 다른 소재를 놓고 말다툼을 하기 시작했다. 모두들 멍하니 그 모습을 보는데, 척금송이 콧방귀를 뀌며 낭랑한 목소리로 물었다.

"두 분은 어디서 오신 고인이시오?"

그리 크게 소리친 것이 아님에도 뭇 사람들의 귀에는 그의 목소리가 또렷하게 들렸다. 그것만 보아도 내공이 몹시 심후하다는 것을 알 수 있었다.

서요평이 고개를 돌려 보더니 되물었다.

"그러는 귀하는 뉘시오?"

척금송은 상대의 퉁명스런 태도에 슬쩍 이맛살을 찌푸렸다. 사실 그는 이 두 사람이 사상이괴라는 것을 척 보고 알 수 있었지만, 너무 시끄러워서 주의를 주려는 뜻에서 모르는 척 이름을 물은 것이다.

한데 자신을 몰라보고 되물어오니 기분이 언짢을 수밖에.

"나, 청성파 척금송이오."

"우리는 사상이협이외다. 난 서요평, 이쪽은 내 동생 서운지."

"이제 보니 사상이괴 분들이로군. 과연 소문이 무성하더니 두 분의 호기가 느껴지는구려. 한데 두 분의 목소리가 너무 크니 좀 조용히 해주시구려."

"이 자리는 떠들썩하게 놀고 즐기는 자리가 아니오? 왜 우리가 목소리를 낮춰야 하오? 그쪽이 더 큰 소리로 이야기를 하시는구려!"

서요평의 반박에 척금송은 내심 불쾌하기 짝이 없었지만, 꾹 눌러 참으며 말했다.

"물론 즐거운 이야기라면 크게 웃고 떠들 수 있을 거요. 하지만 조금 전 그쪽의 이야기는 오늘의 주인공인 유 대인을 비방하는 것이 아니었소?"

"난 유 국주를 비방한 적이 없소. 단지 월야검법이 보잘것없다고 했을 뿐이지."

"바로 그렇소. 당신이 보잘것없다고 악평한 월야검법은 바로 금룡표국의 대표 검술이오. 이는 유 대인에게 매우 실례되는 언행이 아니고 무엇이겠소?"

"그럼 없는 소리라도 해야 하오? 보잘것없는 걸 보잘것없다고 하는 것뿐이외다."

그러자 척금송이 더는 참지 못하고 손바닥으로 탁자를 세차게 내려쳤다.

쾅!

"보자보자 하니 정말 무례하군! 당신네들의 검술은 얼마나 고명하기에 그리 막말을 하는가?"

"우리의 검술? 우리의 무공은 월야검법 따위보다 훨씬 강하지!"

"어디 그렇다면 우리 앞에서 보여주든지!"

그러자 서운지가 싱글벙글 웃으며 일어났다.

"그럼 저희 형제가 가볍게 시범을 보이겠습니다. 이왕이면 멋진 월야검법과 함께 어울려 보고 싶군요. 유 낭자께서 허락해 주신다면 함께 검술을 논하고 싶습니다. 모쪼록 눈여겨보시고 많은 가르침 부탁드립니다."

서운지는 정말로 월야검법을 대단하다고 여겼다. 때문에 가벼운 대련을 통해서 검을 섞어보고 싶었던 것이다.

한데 뜻밖에도 서요평이 서운지의 옷자락을 잡아당기며 자리에 앉혔다.

"앉아라! 멍청아! 우리는 시범을 보이지 않을 것이다!"

"왜 그러시오, 형님? 많은 분들께 우리 검술을 소개할 수 있는 좋은 기회가 아니오?"

하지만 매사에 부정적인 서요평은 고개를 절레절레 흔들었다.

"이 멍청아, 저자들은 우리에게 좋지 않은 감정을 가지고 있다. 이미 화가 날 대로 난 상태인데 우리가 나선다고 한들 저들이 인정해 주겠느냐?"

"인정하지 않으면 어떻소? 이 기회에 월야검법과 어울려 볼 수 있지 않겠소?"

"흥! 저딴 검법에 어찌 내 검을 섞는단 말이야? 나는 하기 싫다!"

이렇듯 두 형제의 성격과 생각이 완전히 다르니 두 사람은 다시 한동안 옥신각신하며 설전을 벌였다.

그런 모습을 가만 보고 있자니 진양은 웃음만 나왔다. 저렇게 뜻이 안 맞아서야 싸울 때는 어찌 서로를 지킬 수 있을까? 도무지 상상이 가지 않지만, 저 둘이 합심하면 천하에 적수가 몇 없다고 하니 괴인은 괴인이다.

사상이괴가 자기들끼리 말다툼을 벌이자, 척금송을 비롯한 상석의 무인들은 어이가 없어지고 금방 시들한 마음이 들었다. 그래서 관심을 끊고 술을 마시려고 하는데, 마침 한 무인이 자리에서 일어나며 말했다.

"저 두 분이 주저하시니 대신 제가 나서서 한 수 배우는 것은 어떻겠습니까? 유 낭자께 한 수 가르침을 청하는 바입니다."

사람들이 다시 바라보니 그는 바로 천상련에서 온 곽연이었다.

그는 지금껏 어떻게 하면 유설에게 접근할 수 있을지 계속 궁리하고 있었다. 천상련을 떠나올 때만 해도 유설을 만날 수 있다는 기대에 가슴이 한껏 부풀어 있었다.

하지만 막상 유설을 만나고 보니 그녀는 냉랭한 태도로 일관했다. 특히 상석에 앉으려던 자신을 은근히 무시하며 쫓아내기까지 하니 슬그머니 부아가 치밀기도 했다.

그러던 차에 사상이괴가 유설의 검술을 혹평했다. 곽연은 지금이 아니면 다시 유설에게 접근할 기회가 없다고 여겼다. 그래서 그는 대련을 핑계로 일어난 것이다.

그가 일어나면서 슬쩍 왕자헌의 눈치를 살피니 그 역시 나쁘지 않은 표정이었다. 이 기회에 천상련의 무공이 얼마나 매서운지 만인 앞에서 보여줄 기회였으니 왕자헌도 말리지 않은 것이다.

연회 중에 무인들이 서로 무예를 겨루는 일은 흔한 경우였다. 실제로 감정이 상해서 싸우는 경우도 있었지만, 지금처럼 좋은 취지에서 서로 공부를 삼아 겨루는 경우도 많았다.

때문에 이 자리의 누구도 곽연을 보고 눈살을 찌푸리지 않았다. 오히려 사파인 천상련의 무인과 정파라고 볼 수 있는 표국의 유설이 대련을 하니 더욱 흥미진진하게 지켜볼 뿐이었다.

유설이 시선을 돌려 유인표를 바라보았다.

어떻게 하면 좋은지 묻는 것이었다.

유인표는 상황이 뜻밖으로 돌아가자 다소 착잡한 표정을 지었다. 곽연이라는 자는 척 보아도 자신의 딸보다 무공 실력이 우수해 보였다. 만약 대련을 하다가 자칫 딸이 다치기라도 할까 봐 염려되었던 것이다. 특히 천상련의 무공은 거칠고 잔인하기로 유명하니 더욱 걱정이었다.

그렇다고 그만 물러서라고 하자니 여러 정파의 무인들이 이를 곱게 보지 않을 것 같았다.

그때였다.

"그럼 곽 부당주님게 한 수 가르침을 청하지요."

자리에서 일어선 사람은 다름 아닌 진양이었다.

이제는 다시 사람들의 시선이 진양에게 일제히 향했다. 모두 유인표에게 소개를 받긴 했지만, 진양을 눈여겨보지는 않았다. 변장한 진양은 겉보기에 마흔 살 정도로 보였는데, 아무도 알아보질 못하니 그저 그런 무인이라고 여긴 것이다.

한데 그런 자가 갑자기 천상련의 부당주를 상대하겠다고 하니 몇 사람은 깜짝 놀라서 호기심 어린 눈으로 바라보았고, 대다수의 사람들은 무시하는 기색이 서려 있었다.

'도대체 저자는 누구기에 겁도 없이 천상련의 부당주와 대련을 하려고 한단 말인가? 주제를 몰라도 너무 모르는구나.'

사람들이 작은 소리로 수군거렸다.

곽연이 돌아보자 역시 처음 보는 얼굴이었다. 그가 진양을 알아보지 못한 채 물었다.

"귀하의 존함이 어찌 되는지요?"

"불초는 양씨이고 이름은 가명이라고 하오. 가족 할 때의 '가' 에 밝다는 뜻의 '명' 자를 쓰오."

진양이 목소리를 변조해서 말했다.

사실 거짓 이름이라는 뜻의 '가명' 이었지만, 곽연을 비롯한 사람들은 거기까지는 생각하지 못했다.

곽연은 눈살을 찌푸리고는 진양을 가만히 바라보다가 입을 열었다.

"하지만 나는 월야검법과 겨뤄보고 싶은 거요. 당신은 월야검법을 모르실 텐데……."

진양이 흘깃 유설을 바라보자 그녀가 미세하게 고개를 끄덕였다.

"불초가 일전에 월야검법을 잠시 익힌 적이 있습니다. 국주 어르신의 은혜를 받았으니 이 기회에 유 낭자를 대신해서 곽 부당주님께 가르침을 받도록 하지요."

"그럼 그대는 유 대인의 제자란 말이오?"

"아니오. 유 대인께서 그저 불초에게 월야검법 몇 가지 초
식을 가르쳐 주시긴 했으나 정식 제자는 아니오."

곽연은 잠시 생각에 잠겼다.

그는 속으로 짜증이 솟구쳤다. 유설과 함께 검을 섞은 다음
그녀에게 자신의 무공을 확실히 각인시킬 생각이었다. 그렇
게 해서 그녀가 자신을 다시 보게끔 만들 작정이었다.

한데 갑자기 양 씨 성을 가진 놈이 난데없이 나타나서 대련
을 하겠다고 하니 여간 불만이 아니었다.

'흠, 좋다. 이왕 이렇게 된 것, 내가 저자를 확실히 제압해
야겠다. 그렇게 되면 천상련의 위명을 더욱 떨치게 되는 것이
고, 유 낭자도 나를 다시 보겠지.'

마음을 굳힌 곽연이 포권을 취하며 말했다.

"좋소. 불초 곽 아무개가 양 형께 가르침을 청하겠소!"

"소생이 여러모로 부족하니 곽 부당주님은 손에 사정을 두
시기 바랍니다."

이윽고 두 사람의 인사가 끝나자 진양은 허리춤에서 붓을
꺼내 들었다. 사람들이 진양의 무기를 보고 저마다 눈을 휘둥
그렇게 떴다.

"저건 붓이 아닌가?"

"그러게. 한데 좀 특이하게 생겼군. 굉장히 굵고 크군."

"저런 붓은 처음 보았는데, 무기로 사용하나 보지? 혹시 저

게 무슨 붓인지 아는가?"

"나도 모르겠네. 저런 붓을 쓰는 무인이 있다는 것도 금시 초문일세."

사람들이 수군거리는 와중에 유인표는 더욱 모를 표정이 됐다.

자신이 언제 진양에게 월야검법을 가르쳐 줬단 말인가? 물론 딸을 대신해서 나서준 것은 몹시 고마운 일이었다. 하지만 아무리 생각해도 진양이 어째서 월야검법을 알고 있다는 것인지 납득하기 어려웠다.

그런데 마침 유설이 자리에 앉으며 유인표의 귓가에 나직이 속삭였다.

"아버지, 제가 양 소협에게 월야검법을 조금 알려준 적이 있어요. 너무 서운해하지 마세요."

그제야 유인표는 대충의 상황을 짐작하고는 고개를 끄덕였다. 물론 유설은 진양에게 월야검법을 따로 알려준 적이 없었다. 다만 그간의 사정을 모두 설명하기에는 너무 복잡하고 말이 길어질 것 같아서 대충 일러둔 것이다.

유인표는 주위를 둘러보며 진양이 든 무기에 대해서 대충이나마 설명했다. 그러자 사람들은 진양의 붓이 황태손에게 받은 선물이라는 것을 알고 내심 감탄해마지 않았다.

한편 서로를 바라보며 둥근 원을 그리고 있는 진양과 곽연

사이에서는 팽팽한 긴장감이 흘렀다. 한동안 수군거리던 사람들도 이들 사이에서 느껴지는 묘한 기운에 숨을 죽였다.

어느 순간 곽연이 기합성을 터뜨리며 진양을 향해 쇄도했다. 그는 검을 오른쪽 아래로 내린 기수식을 취하고 있었기에 달려나가면서 검을 대각선으로 올려쳤다.

그 순간 진양은 얼른 오른쪽으로 한 걸음 빠지면서 붓을 휘둘렀다. 서로의 붓과 검이 상대를 아슬아슬하게 스치면서 지나갔다. 진양은 그대로 몸을 비틀며 붓을 가로로 베어 들어갔다. 월광유수(月光流水)라는 초식으로, 달빛을 머금은 물결이 세차게 굽이쳐 돌아가는 모습이었다.

이는 유설이 좀 전에 시범으로 보인 적이 있는 검초였다. 때문에 곽연은 당황하지 않고 그대로 검을 휘둘러 막아냈다.

한데 금속성 대신 '사르륵' 하는 부드러운 소리만 들리고 검날에는 아무것도 걸리지 않았다. 바로 붓털이 부드럽게 검날을 스치며 지나간 것이었다.

당황한 곽연이 움찔 떨며 뒤로 물러났다. 마침 그의 배를 스쳐 지나가던 붓털은 순간적으로 꼿꼿하게 서더니 옷자락 일부를 깔끔하게 잘라냈다.

곽연은 연거푸 두어 걸음을 물러난 뒤에야 숨을 몰아쉴 수 있었다.

실로 아찔한 순간이었다.

만약 이게 대련이 아니라 실제 싸움이었다면 진양은 더욱 깊이 베어 들어왔을 것이다. 그랬다면 곽연은 그날로 자신의 창자를 두 눈으로 구경할 수밖에 없으리라.

"과연 신병이기입니다. 내력을 조절함에 따라 붓털이 아주 민감하게 반응하는군요."

"감사합니다."

진양이 가볍게 대답하며 다시 자세를 잡았다.

곽연은 이맛살을 슬며시 찌푸렸다.

생각보다 상대는 내공이 뛰어났다. 뿐만 아니라 내기를 조절하는 능력 또한 웬만한 고수 못지않아 보였다. 처음에는 이름도 없는 무인이라 무시했는데, 지금은 정신을 바짝 차리지 않으면 오히려 당할 수도 있겠다는 생각이 들었다.

"그럼 다시 가겠소이다!"

곽연은 다시 한 번 기합성을 터뜨리며 진양에게 쇄도했다. 진양은 수호필을 휘두르며 곽연을 상대해 나갔다.

까앙! 깡!

붓과 검이 서로 부딪치며 요란한 소리를 울렸다. 진양의 수호필은 때때로 붓털이 가볍게 휘날리기도 하고 어느 때는 몹시 빳빳하게 곤두서서 칼날같이 빛나기도 했다.

붓털의 변화가 신묘막측하니 곽연은 정신을 차리기가 힘들 정도였다.

그러던 어느 순간 진양이 일장춘몽 초식을 펼치자, 쇄도해 들어오던 곽연의 검날이 거짓말처럼 풀어헤쳐졌다. 그 틈에 진양이 얼른 야아관월 초식을 펼치며 검을 빠르게 내찔렀다.

만약 몇 달 전의 진양이었다면 곽연을 상대하는 것이 매우 힘들었을 것이다.

하지만 그는 지금까지 수차례 실전 경험을 쌓았고, 얼마 전에는 절정고수를 만나서 죽음의 문턱까지 다녀온 적이 있다. 뿐만 아니라 며칠 전에는 은잠사와 현철로 만들어진 수호필을 황태손 주윤문에게 선물을 받았다. 이는 호랑이에게 날개를 달아준 격이나 다름없었다.

그러다 보니 일취월장한 진양은 곽연을 여유있게 상대할 수 있는 경지까지 이른 것이다.

곽연이 야아관월 초식을 피해 황급히 물러나자, 진양은 그대로 그를 바짝 쫓아서 붙었다. 이어서 그는 군조비상 초식을 연환식으로 펼쳤다.

진양이 돌개바람처럼 회전하며 붓을 올려치자, 곽연이 깜짝 놀라면서 검을 내려쳤다.

까앙!

그 순간 육중한 힘줄기가 검날을 타고 곽연의 손목까지 전해졌다.

깜짝 놀란 곽연이 엉겁결에 손을 놓자, 그의 검이 밤하늘

위로 높이 날아올랐다. 사람들이 일제히 탄성을 터뜨리며 하늘로 사라진 검을 바라보았다.

잠시 후 검날이 매서운 속도로 떨어지면서 후원 바닥 깊숙이 박혔다.

사람들이 자리에서 일어나며 박수를 터뜨렸다. 특히 정파의 무인들은 더욱 의기양양한 태도가 되어서 진양을 향해 칭찬을 아끼지 않았다.

검을 든 무인이 검을 잃었으니 이제는 더 싸워보지 않아도 빤한 결과였다. 곽연은 창피하기도 하고 화가 나기도 해서 얼굴이 발갛게 달아올랐다.

진양이 얼른 몇 걸음 물러나서 포권을 취했다.

"불초의 사정을 봐주신 곽 부당주님께 감사드리오. 많이 배웠소이다."

곽연도 떨떠름한 표정으로 포권했다.

"귀하의 훌륭한 무공에 감탄했소."

진양은 고개를 숙여 보이고는 몸을 돌려 걸어갔다. 그가 유설의 옆자리에 앉자 곽연은 더욱 질투심이 피어올랐다.

곽연이 후원 바닥에 꽂힌 검을 뽑아 들며 진양을 무섭게 노려보았다.

'어쩐지… 낯설지가 않단 말이야.'

분명히 처음 보는 사람이고 처음 듣는 목소리다.

한데 상대에게서 느껴지는 분위기가 낯설지 않은 것은 왜
일까?

그는 진양을 보다가 문득 자신을 못마땅하게 노려보는 왕
자헌을 보고는 면목이 없어 그만 자리로 돌아왔다.

술자리는 제법 오랫동안 이어졌다.

한참 후, 유인표는 이제 슬슬 본론을 꺼낼 때가 됐다고 생
각했다. 그래서 그는 상석에 앉은 무인들과 관료들을 비롯해
서 몇 명을 더 불러들여 조용한 대청으로 자리를 옮겼다.

그리고 표사들에게 주위의 경계를 지키도록 하고 엿듣는
자가 없도록 각별히 주의하라 일러두었다.

第四章
위기를 논하다

조용한 대청으로 자리를 옮기고 나자 분위기는 자연히 무거워졌다. 대청에 온 사람들은 모두 무림 고수이거나 고위 관료들이었다.

진양은 이들을 한 번 둘러보면서 생각했다.

'아쉽다. 화산파의 제자가 한 명이라도 왔더라면 내가 무공비서를 전해줄 수 있었을 텐데……'

이번 연회에 화산파가 미처 참석하지 못한 것이다.

그때 유인표가 자리에서 일어나며 말했다.

"오늘 이렇게 연회에 참석해 주신 여러분께 진심으로 감사드립니다. 사실 이 유 아무개는 생일잔치를 가져본 적이 거의 없습니다. 하지만 이번에는 여러분과 한 가지 상의드릴 것이 있어 이런 자리를 일부러 가져보았습니다."

그러자 남옥이 호탕하게 웃으며 대꾸했다.

"하하! 나는 그럴 줄 알았지! 유 아우가 평소 이런 자리를 만들지 않는다는 것을 알고 있었거든. 뭔가 할 말이 있으려니 했네."

유인표가 빙그레 웃으며 고개를 끄덕였다.

"맞습니다, 대장군. 새삼 대장군님의 깊은 생각에 감탄하게 되는군요."

"하하! 쓸데없는 말은 접어두게! 어서 왜 이런 자리를 만들었는지 한번 들어보세."

유인표가 고개를 끄덕이고는 진지한 표정으로 말했다.

"사실 얼마 전에 우리 표국은 한 가지 이상한 일을 당했습니다."

그는 금룡표국이 습격을 당한 일과 혈사채를 찾아갔던 일, 그리고 진양이 천의교의 한 무인에게 죽임을 당할 뻔했던 일까지 모두 이야기해 주었다. 물론 진양의 본명은 밝히지 않았다.

때문에 이 자리에 함께 있던 곽연은 끝내 진양의 이름을 양가명이라고 생각했고, 남옥 일행과 혈사채에서 온 위사령만

이 유일하게 본명을 알고 있었다. 다만 무슨 사정이 있어 본명을 숨기는 것이라 짐작하고 그들도 굳이 내색하지 않았다.

한편 이야기를 모두 들은 무인들과 관료들은 하나같이 낯빛이 어두워졌다. 다만 끝까지 표정의 변화가 없는 자들이 있었는데, 그들은 바로 천상련에서 온 왕자헌과 곽연이었다.

이때 가장 성격이 급한 척금송이 탁자를 쾅 내려치며 말했다.

"감히 그딴 간계를 꾸미다니! 도대체 그 천의교에는 어떤 작자들이 있단 말인가?"

이에 진양이 공손한 태도로 답했다.

"그들은 위교사왕이 당금 무림에서 제일가는 고수라고 했습니다. 물론 그들의 교주는 그보다 더욱 뛰어난 고수라고 했지요. 불초 후배가 대적한 자는 위교사왕 중에서 금곤삼왕이라 불리는 갈지첨이라는 노인이었습니다. 무기는 금빛의 삼절곤을 사용했으며 밀교의 무공인 듯했습니다. 하지만 후배의 실력이 형편없기에 적수가 되지 못했지요. 부끄럽게도 후배는 그에게 조그만 상처도 입힐 수 없었습니다."

그 말에 모두들 무거운 침음을 흘릴 뿐이었다.

사실 이 자리에 있는 어느 누구도 진양의 실력이 형편없다고 생각진 않았다. 모두들 조금 전 곽연과의 대련 모습을 보았기 때문에 진양을 무시하거나 함부로 대하지 않았다.

한데 그런 진양조차도 제대로 맞서지도 못하고 죽을 고비를 넘겼다고 하니 걱정되지 않을 수가 없었다.

그때 남옥이 탁자를 쾅 내려쳤다.

"흥! 그 녀석들은 담이 아주 큰 모양이오! 감히 관료들마저 이간질시키려고 하다니. 내 한 가지 여러 무림 영웅들께 물어보겠소."

모두의 시선이 남옥에게 향했다.

남옥은 무인들을 휘이 둘러본 다음 말했다.

"여러 영웅들께서는 혹시 정치를 하고 싶은 것이오?"

그러자 무인들이 술렁이기 시작했다.

그때 척금송이 말했다.

"남옥 대장군께서는 어찌 그런 질문을 하시는 겁니까? 무림과 속세는 엄연히 다른 세계가 아니겠습니까? 우리 무림인은 오랑캐에게 나라가 짓밟힐 때가 아니면 세속의 일에 깊이 개입한 적이 없습니다. 그런 질문은 심히 감당하기 어렵습니다."

말투는 공손했지만 은연중에 불쾌한 기분이 드러나고 있었다.

남옥이 웃으며 답했다.

"바로 그렇소. 보통은 무림의 영웅들이 세속에 관여하지 않으려고 하지요. 나는 그 말을 확인하려고 했던 것이오. 그

러니 척 장로께서는 마음 쓰지 마시구려. 한데 이 천의교라는
자들은 관료마저 이간질시키려고 했소이다. 이는 분명 황권
과 관계가 깊은 다른 세력이 개입했다는 소리가 아니겠소?"

하지만 척금송이 고개를 설레설레 저었다.

"도대체 무림의 단체가 고위 권력과 깊은 관계를 맺어서
얻을 게 뭐가 있다는 말입니까? 역사상 공권력이 무림에서 영
향력을 행사한 적은 없지 않습니까?"

"물론 직접적인 영향력을 행사하진 않지. 하지만 충분히
지원을 해줄 수는 있는 일이지. 예를 들자면 막대한 자금이라
든지."

그러자 좌중이 술렁이기 시작했다.

확실히 남옥의 가설도 일리가 있는 말이었다.

그때 듣고만 있던 천상련의 왕자헌이 물었다.

"그렇다면 대장군님께선 천의교가 어디의 세력과 손을 잡
았다고 생각하십니까?"

"내가 선견지명이 없어 거기까진 모르겠소. 하지만 금룡표
국을 표적으로 삼았다는 것은 분명 유 국주와 친분이 깊은 나
까지 의식했을 거요. 그 말은 나를 달갑지 않게 여기는 세력
이겠지."

여기까지 말한 남옥은 심각한 표정으로 입을 다물었다.

사실 남옥을 비롯한 상당수의 고위 관료들은 금룡표국으

로부터 많은 물적 지원을 받아왔다. 어찌 보면 그 때문에 금룡표국은 고위 관료들과도 돈독한 친분을 유지할 수 있었던 것이다.

한데 만약 금룡표국이 정사대전에 휘말려 멸문하고 만다면 제일 먼저 남옥을 비롯한 여러 고위 관료들이 재정적으로도 어려워질 것이고, 크고 작은 사건에 휘말려 힘을 많이 잃을 것이 분명했다.

척금송이 물었다.

"누가 감히 대장군님을 위협할 수 있단 말입니까?"

남옥이 씁쓸한 표정으로 대꾸했다.

"나를 위협하는 건 어렵지 않은 일이오."

"어찌 그런 말씀을 하십니까?"

"요즘 들어 황제 폐하는 총기를 많이 잃으셨소. 이제는 충신들의 말보다 간신들의 말에 더욱 귀를 기울이고 계시니 어찌 답답한 일이 아니겠소? 그들이 간사한 말 한마디로 나를 모함하고 있으니 언제 어떻게 상황이 변할지는 아무도 모르오."

이에 좌중은 다시 무거운 침묵에 잠겼다.

실제로 황제는 호유용 사건을 빌미로 셀 수도 없이 많은 사람을 처형시켰다. 개국공신들을 비롯한 충신들이 이제는 절반 정도밖에 남지 않았으니 제아무리 남옥이라고 하더라도 몸을 사리지 않으면 안 됐다.

한데 남옥 역시 다혈질 기질이 다분한지라 한번 답답한 마음을 터뜨리고 나니 불평과 불만이 자연히 이어졌다.

"이 나라가 바로서기 위해서 얼마나 많은 노력을 기울였던가? 한데 간신들이 황제 폐하 곁에서 귀를 어지럽히니 가만히 두고만 볼 수도 없는 노릇이오!"

"그렇다면 그 간신들 중에 누군가가 천의교를 움직이고 있는 것은 아니겠습니까?"

"그럴지도 모르지. 하지만 어디 간신들이 한둘이겠소? 숱한 자들 중에 누가 그런 짓을 꾸미는지는 모르겠소이다."

그러자 지금껏 조용히 있던 지승악이 소리쳤다.

"듣고 보니 정말 참기 힘들군요. 도대체 그 간신들이 누구누구입니까? 대장군께서 말씀해 주시면 저희 철혈문이 나서서 모조리 목을 따겠습니다!"

그 말에 척금송이 눈살을 찌푸리며 핀잔을 주었다.

"아서라! 자네가 나서서 큰소리칠 자리가 아닐세!"

하지만 남옥은 호탕하게 웃으며 손을 내저었다.

"크하하! 척 장로께선 너무 야단치지 마시오. 젊은 혈기에 저런 소리도 할 수 없다면 오히려 멍청한 거지! 철혈문의 지승악이라고 했던가?"

지승악은 남옥이 자신을 기억하고 있자 내심 감동해서 소리쳤다.

"그렇습니다, 대장군."

"비록 사파에 속한다고는 하나 자네의 그 패기가 아주 훌륭하군!"

"감사합니다!"

지승악이 칭찬을 받자 곽연이 얼른 나서서 소리쳤다.

"대장군, 우리 사파의 무인들은 무공의 성격이 다소 거칠지만 패기만큼은 정파에 뒤지지 않습니다! 간신들의 이름을 알려주시지요! 그럼 저희 천상련도 철혈문을 도울 것입니다!"

확실히 곽연은 지승악보다 간사한 면이 있었다. 그는 일부러 직접 나서서 죽이겠다는 말을 하지 않은 것이다. 대신 철혈문을 돕겠다는 식으로 에둘러 표현함으로써 겉으로는 패기를 내세우고 속으로는 실속을 챙긴 것이다.

왕자헌도 그 속뜻을 알았기에 내심 흐뭇한 마음으로 침묵했다.

남옥이 흡족한 표정으로 고개를 끄덕였다.

"하하, 과연 천상련이 오늘 어떻게 무림에 명성을 떨치게 됐는지 알 만하군. 오늘 이렇듯 영웅 여러분이 나라를 걱정하고 있으니 내가 힘이 나는구려!"

그때였다.

갑자기 대청의 문이 벌컥 열리더니 누군가 불쑥 들어왔다.

"그 힘을 잘못 쓰면 큰일 나는 수가 있소이다."

몹시 날카롭고 신경질적인 목소리였다.

그는 키가 훤칠하고 마른 체구의 남자였는데, 금색 빛이 나는 옷을 입었고 가슴과 배에는 붉은 색의 용이 새겨져 있었다. 그의 두 눈은 가자미처럼 찢어져서 몹시 매서운 인상을 풍기고 있었다.

"장 지휘사(指揮使)!"

남옥이 저도 모르게 벌떡 일어나며 소리쳤다.

다른 관료들 역시 소스라치게 놀라면서 모두 자리에서 벌떡 일어났다.

좌중의 무인들은 남옥을 비롯한 관료들이 모두 자리에서 일어나자 슬그머니 눈치를 살피며 어정쩡하게 일어섰다.

한편 유인표는 갑자기 나타난 상대를 알아보고 얼굴빛이 사색이 되고 말았다.

장 지휘사라고 불린 사내가 입가에 야비한 미소를 걸치며 물었다.

"왜 이리 다들 놀라시오? 무슨 역모라도 꾸미던 중이었소?"

"그게 무슨 소린가!"

남옥이 소리쳐 꾸짖었다. 그렇잖아도 붉은 혈색인 그의 얼굴이 이제는 불덩이처럼 달아올라 있었다.

장 지휘사 뒤로는 같은 복색의 사내들이 강직한 표정으로 서 있었다.

이들은 바로 황제가 가장 신임하는 조직인 금의위(錦衣衛)였다. 그리고 가장 앞장 선 남자는 금의위 지휘사인 장환(蔣瓛)이었다.

유인표는 아랫입술을 쿡 씹었다.

상대가 금의위였기에 수하들도 미리 와서 알리지 못했을 것이다. 어쩌면 장환이 표사들에게 제자리에서 움직이지 말라고 명한 다음 밖에서 실컷 엿듣고 들어온 것일지도 몰랐다.

아무리 배짱이 두둑한 표사라도 금의위 지휘사의 말을 거역할 순 없었으리라. 그러니 장환이 대청 문을 열고 들어올 때까지 아무런 소식이 없었던 것이리라.

장환이 사람들을 훑어보더니 남옥에게 마지막으로 시선을 던졌다.

"여기서 모두들 무얼 하고 계셨소?"

"보면 모르겠나? 오늘은 유 국주의 생일이라 모두 축하를 해주던 참이었네."

"하하하! 축하라? 그런데 어찌 그리 역정을 내며 축하를 한단 말이오? 얼핏 듣기에 황제 폐하의 총기마저 거론하시던데?"

그 말에 남옥의 안색이 대번에 굳어졌다.

장환은 오래전부터 자신을 곱지 않게 보는 자였다. 그래서 알게 모르게 사이가 좋지 않았는데, 오늘 걸려도 제대로 걸린 것이다. 많은 사람들 앞에서 공공연하게 황제 폐하에 대한 불만을 토로했으니 이 장환이 그냥 넘어갈 리가 없었다.

남옥이 '음' 하는 소리만 내면서 말을 잇지 못하자, 지승악이 불쑥 한 걸음 나섰다. 그는 지금 남옥에게 칭찬을 듣고 몹시 의기양양해진 상태였다.

사실 지승악은 지금껏 한 번도 금의위를 직접 본 적이 없었다. 때문에 장환이 누구인지도 몰랐다. 그런 차에 상대가 감히 대장군 남옥에게 함부로 말하자 부아가 치밀어 오른 것이다.

'황제 폐하가 아니면 누가 감히 대장군께 이리도 함부로 대할 수 있단 말인가? 저자는 너무 무례하군.'

정치에 어두운 지승악이 큰 소리로 외쳤다.

"당신은 도대체 누구요? 어째서 대장군께 예를 차리지 않고 막말을 하시는 거요?"

모두들 그 순간 뜨악한 기색으로 지승악을 바라보았다.

장환이 날카로운 눈초리로 그를 보다가 물었다.

"그러는 댁은 누구신지?"

"나, 철혈문에서 온 지승악이외다! 이제 그쪽도 신분을 밝히시지?"

"훗, 들도 보도 못한 문파의 제자인 모양이군."

장환이 차갑게 비웃자 지승악은 화가 머리끝까지 치솟았다.

"감히 함부로 지껄이다니! 본때를 보여줘야겠구나!"

지승악이 검을 뽑아 들었다.

사실 검을 뽑긴 했지만 겁만 주다가 말 생각이었다. 상대가 관료일지도 모르니 피를 볼 생각은 없었다. 그게 아니라면 남옥이 적절한 시점에 자신을 말려줄 것이라고 기대했다.

한데 남옥이 뭐라고 말하기도 전에 금의위 중 한 명이 바람처럼 달려 나오더니 검을 올려쳤다.

쉬이잇—! 서걱!

"엇?"

지승악은 순간 눈을 휘둥그렇게 떴다.

눈 깜짝할 사이에 자신의 오른팔이 바닥에 툭 떨어졌다. 뒤늦게 고통이 밀려들면서 지승악이 비명을 내질렀다. 잘려 나간 그의 어깨에서 피가 분수처럼 뿜어졌다.

보다 못한 위사령이 얼른 달려가서 지승악의 혈도를 점해 출혈을 막았다.

이 당시의 금의위는 그야말로 공포 조직이나 다름없었다. 황제는 그들에게 상당히 많은 권한을 부여했기에 아무리 남옥이라 할지라도 함부로 대할 수가 없었다.

한데 고작 중소 문파의 지승악이 멋모르고 검을 뽑아 들었으니 팔이 아니라 목이 베었어도 이상할 것이 없었다. 제자 하나 때문에 문파의 사활을 걸고 역모를 꾀할 바보는 없을 테니까.

금의위 무인은 위사령을 보고는 다시 검을 내려쳤다. 그 순간 진양이 얼른 나서서 수호필을 휘둘렀다.

깡!

청명한 금속성이 일어나면서 금의위 무사가 뒤로 휘청 물러났다. 그가 순간 몸을 회전시키면서 다시 검을 가로로 베어 왔다. 진양은 얼른 보법을 밟아 그 뒤로 바짝 붙으면서 상대의 어깨를 가볍게 밀었다.

결국 금의위 무사는 허공을 베어내며 진양과 함께 밀려 두어 걸음 옮겨갔다. 진양은 얼른 몸을 빼내며 물러서서 포권을 취했다.

"위 선배님은 단지 지혈을 하신 것뿐입니다. 사정을 봐주시기 바랍니다."

순식간에 벌어진 일이었기에 사람들은 그저 멍한 표정으로 진양과 금의위를 번갈아볼 뿐이었다.

아주 짧은 순간이었지만, 장환이 입을 열 때까지가 수 시간처럼 지루하게 느껴졌다.

장환은 진양을 한차례 위아래로 훑어보다가 픽 웃었다. 그러더니 남옥을 한차례 보고는 말했다.

"아무래도 이 모임에서는 제가 미움을 받는 모양입니다, 대장군."

남옥의 표정이 더욱 일그러졌다.

그의 이성이 머릿속에서 장환을 함부로 건드려서는 안 된다고 끊임없이 소리치고 있었다.

하지만 가슴속에서 분노가 들끓고 있었다.

남옥은 머리보다는 가슴으로 움직이는 자였다.

결국 그가 분을 참지 못하고 버럭 소리쳤다.

"네놈이 내게 어찌 이리도 무례하단 말이냐? 그는 단지 나를 생각해서 몇 마디 하려고 했을 뿐이다. 꼭 그의 팔을 잘랐어야 했는가?"

"금의위 앞에서 검을 뽑았으니 죽어 마땅한 것을 살려준 것은 생각하지 않으십니까?"

그제야 무인들 중 몇 명은 장환이 금의위라는 사실을 알 수 있었다.

남옥이 지지 않고 소리쳤다.

"그럼 자네 부하가 내 앞에서 검을 뽑은 건 어찌 봐야 하느냐? 자네 부하는 내 앞에서 날 위해 나선 자의 팔을 베어냈다!"

"대장군, 공과 사를 분명히 하십시오. 대장군께서는 예전부터 공과 사를 가리지 못해 황제 폐하께서 근심이 많으십니다."

"뭣이? 네놈이 감히!"

남옥이 순간 허리춤에서 장검을 스릉 뽑아 들었다. 그의 흉흉한 기세를 보자니 제아무리 장환이라도 조금은 겁이 났다. 더구나 이곳에는 무림의 고수가 대거 운집해 있지 않은가? 만약 남옥이 한순간 미쳐서 자신을 비롯한 금의위를 모조리 죽이려고 한다면 못할 것도 없어 보였다.

남옥이 성큼 나서며 소리쳤다.

"자! 나도 금의위 앞에서 칼을 뽑았다! 어쩔 테냐? 나도 저렇듯 팔을 베어낼 것인가?"

"고정하시지요, 대장군."

남옥은 장환의 싸늘한 말투에 더욱 노기가 치솟았다.

금방이라도 큰일이 터질 것만 같았다.

보다 못한 진양이 얼른 남옥에게 다가가서 말했다.

"대장군, 노여움을 푸십시오. 서로 간에 오해가 커진 듯합니다."

남옥은 진양의 목소리를 들으니 차츰 이성이 돌아오기 시작했다. 결국 그가 '음' 하는 소리만 흘리며 천천히 검을 거두었다.

장환이 싸늘하게 바라보다가 읍을 하며 물러났다.

"오늘은 이만 물러가겠습니다, 대장군. 모쪼록 몸조심하십시오."

남옥은 아무런 대꾸도 하지 않고 자리에 돌아가 앉았다. 장환은 마지막으로 대청에 모인 관료들을 다시 한 번 훑어보았다. 관료들은 장환의 시선과 마주칠 때마다 마치 얼음이 살에 와 닿는 듯 소름이 오싹 돋았다.

장환이 물러가고 나자 유인표는 그제야 안도의 한숨을 내쉴 수 있었다. 어찌나 긴장했던지 다리에 힘이 풀려 비틀거렸다. 마침 진양이 재빨리 그를 부축하며 자리에 앉혀주었다.

권력의 무서움을 누구보다도 잘 알고 있었기에 그는 다른 무인들보다 몇 배로 두려움을 느꼈던 것이다.

그는 얼른 표사를 불러 다친 지승악을 객당으로 옮겨 치료하게 했다.

때마침 관료들이 먼저 하나둘 자리에서 일어나기 시작했다.

"유 대인, 생신을 다시 한 번 축하드리오. 그럼 나는 먼저 일어나겠소."

"저도 그만 일어나야겠습니다. 생각보다 시간이 많이 흘렀군요."

그들은 서둘러 금룡표국을 떠났다.

이리저리 핑계를 둘러대곤 있었지만, 모두들 금의위가 다녀간 이후로 몸을 사리는 것이 분명해 보였다. 관료들이 먼저 자리를 비우기 시작하자 참다못한 남옥이 술잔을 소리 나게 내려놓으며 고함을 내질렀다.

"이런 한심한 자들 같으니라고! 금의위 따위가 두려워 자리를 피한단 말인가? 지은 죄가 없거늘 어째서 고개를 들지 못한단 말인가! 이 남옥이 아직도 자리를 지키고 있거늘 그대들이 정녕 나를 기만한단 말인가?"

그가 서슬 퍼렇게 소리치자 막 일어서던 관료들은 해쓱해진 얼굴로 서로를 번갈아 보았다. 금의위의 위세가 두려운 건 사실이었지만, 당장 눈앞에 보이는 남옥이 불같이 화를 내고 있으니 이러지도 저러지도 못했다.

유인표가 가만 보니 이러다간 정말 더 큰일이 날지도 모르겠다고 생각해서 얼른 나섰다.

"하하, 생각해 보니 시간이 꽤 지나긴 했습니다. 저는 오늘 여러분을 모시고 전해 드려야 할 이야기를 모두 전했습니다. 이제부터는 자유롭게 즐겨주시기 바랍니다. 일이 있으신 분들은 먼저 일어나셔도 좋습니다."

주인인 유인표가 나서서 좋게 말했지만 관료들은 저마다 남옥의 눈치를 살피느라 어정쩡한 자세로 서 있었다. 남옥은 결국 시선을 돌리고 콧방귀를 꼈다.

"흥! 한심한 것들!"

그가 모른 체하자 관료들은 용기를 내어 하나둘 움직이기 시작했다.

"저… 그, 그럼 먼저 가보겠소, 유 대인."

"감사합니다. 또 들러주십시오."

"나도 이만 가봐야 할 것 같소."

"참! 나도 일이 있는 걸 그만 까맣게 잊고 있었군. 유 대인, 생신 축하드리오. 오늘 들은 이야기는 잘 기억하겠소."

그러자 관료들은 순식간에 썰물처럼 빠져나갔다. 이제 남은 관료들은 조진(曹震)과 장익(張翼), 주수(朱壽) 등 남옥과 친분이 깊은 대여섯 명 정도밖에 없었다.

좌중의 무인들은 이런 광경을 보고 비로소 황궁의 금의위가 얼마나 막강한 권세를 지녔는지 짐작할 수 있었다.

진양 역시 겉으로 내색은 하지 않았지만 속으로는 걱정이 됐다.

'금의위의 권세가 이토록 강하구나. 한데 그들이 금룡표국과 남옥 대장군을 곱지 않게 보고 있으니 정말 걱정이다. 더욱이 황제는 의심병이 깊은데 훗날 우리가 화를 입지나 않을까 모르겠다.'

이때까지만 해도 진양은 앞으로 닥쳐올 화가 얼마나 가까이에 있는지 모르고 있었다.

어쨌든 대청에서 상당수의 관료들이 물러가고 나자 남옥은 더욱 화가 나서 큰 소리로 외쳤다.

"우리 충신들이 피땀 흘려 세운 나라를 간신들이 말아먹고 있으니 참으로 답답한 노릇이오! 게다가 그나마 나라를 생각하는 자들은 저리도 용기가 없으니 한숨뿐이 안 나오는구려!"

척금송이 웃으며 술잔을 들었다.

"하지만 이렇게 대장군께서 남아 계시지 않습니까? 그것만으로도 이 척 아무개는 나라가 군건할 것이라 믿습니다."

그 말에 기분이 좋아진 남옥이 크게 웃었다.

"크하하하! 척 장로께서는 감당할 수 없는 칭찬을 거두시오. 하지만 이 남옥은 척 장로의 말씀대로 이 나라가 이대로 쇠락하도록 좌시하지는 않을 것이오!"

이미 술기운이 오른 남옥은 거침없이 말을 던져댔다. 사실 그의 말은 어찌 들으면 상당히 위험한 발언이었지만, 남옥은 다른 이의 눈치를 전혀 보지 않았다.

남옥은 그러고도 분이 풀리지 않는지 한참 동안 간신들을 욕했다.

시간이 지나자 이야기는 다시 천의교에 관한 것으로 돌아왔다.

척금송이 말했다.

"우리 청성파는 앞으로 천의교의 무인을 만나게 된다면 보는 족족 죽여 버릴 것이오!"

그러자 무당파에서 온 구정광이 말했다.

"무당파에서는 천의교에 대해서 좀 더 확실히 조사해 보겠습니다. 혹시 실마리를 잡게 된다면 여러 무림 영웅들께 알려 드리도록 하지요."

"천상련도 그리하겠소. 또한 천의교 무인을 만나게 된다면 사로잡거나 죽일 것이오."

왕자헌이 담담한 태도로 말했다

유인표가 고개를 끄덕였다.

"오늘 이렇게라도 모두에게 진실을 전할 수 있어 다행입니다. 혹 앞으로 어떤 일이 발생하더라도 천의교의 만행이 아닌지 한번 생각해 보아야겠습니다. 강호 무림은 근래 몇 년 동안 정사의 구분이 모호해지고 서로 다투지 않았습니다. 이런 평화는 지속될수록 좋겠지요."

그러자 왕자헌이 픽 웃었다.

"우리는 정도 무인들이 함부로 건드리지만 않는다면 아무런 일도 일으키지 않을 것이외다."

"홍! 그전에 그대들이 사악한 짓을 저지르지 않아야겠지."

척금송이 냉랭하게 대꾸하자 왕자헌은 그저 소리없이 웃을 뿐이었다.

유인표는 다시 분위기가 험악해질 것을 염려해서 얼른 자리를 정리했다.

"밤이 깊었습니다. 오늘은 그만 자리에서 일어나고 다음에 또 깊은 대화를 나누도록 하지요. 객당에 머무시는 손님들께서는 필요한 것이 있다면 언제든 말씀하십시오. 술과 고기는 넉넉합니다."

그의 말에 무인들이 저마다 자리에서 일어났다.

진양은 뒷정리를 끝낸 뒤에 자신의 방으로 걸음을 옮겼다. 하루 사이에 많은 일이 일어나서 그런지 몸이 무겁고 피로가 몰려왔다.

한데 그가 막 건물을 돌아서는데, 후원 깊숙한 곳에 언뜻 사람의 그림자가 비쳤다. 진양은 혹시라도 천의교가 잠입했을지도 모른다는 생각에 바짝 긴장을 하고는 그쪽을 유심히 살펴보았다.

과연 두 사람이 커다란 나무 뒤에서 속삭이는 것이 보였다.

그들은 바로 천상련에서 온 왕자헌과 곽연이었다.

하지만 진양은 어두운 밤인데다 두 사람의 목소리가 극히 조용해서 미처 알아보지 못했다.

만약 진양이 처음부터 그들을 알아보았다면 굳이 신경 쓰지 않았을 터였다. 괜히 다른 문파의 밀담에 깊이 관여했다가 오히려 오해를 살지도 모를 일이니까.

진양은 그들이 천의교의 첩자일지도 모른다는 생각에 조심스럽게 접근해 갔다.

다행히 후원에는 나무가 듬성듬성 있었고 군데군데 풀포기도 길게 자라 있어서 진양이 몸을 숨기는 데 어려움은 없었다. 두 사람에게 차츰 가까이 다가가니 그들의 말소리가 희미하게 들려오기 시작했다

진양은 바위와 풀포기 사이에 몸을 바짝 웅크리고 체내의 자양신공을 끌어올렸다. 귀가 밝아지자 두 사람의 대화가 곧 들렸다.

"…실수한 것이네. 나서지 말아야 했어."

"죄송합니다, 당주님."

왕자헌의 말에 곽연이 대답하는 소리였다.

왕자헌이 말했다.

"이미 엎질러진 물이니 그만 넘어가지. 하지만 다음부터는 경거망동하지 말게."

"명심하겠습니다."

"그나저나 나도 놀랐군. 양가명이라는 자가 그처럼 강할 줄은 몰랐어."

"혹시 들어본 적이 있으십니까?"

왕자헌이 고개를 저으며 대답했다.

"듣지 못했네. 물론 본 적도 없는 인물이지. 그런데 유 국주가 말하더군. 그가 들고 있는 붓은 황태손에게 선물 받은 것이라고."

"황태손에게요?"

"그렇다더군. 황태손의 눈에 들었다는 것은 그만큼 잘난 구석이 있다는 말이 아니겠는가?"

곽연이 한참을 생각하다가 대꾸했다.

"정말 이상한 일입니다."

"뭐가 말인가?"

"저는 분명 그자를 처음 보았습니다. 한데 어쩐지 낯이 익다는 느낌이 듭니다."

"어디서 닮은 자를 보았겠지."

"그럴지도 모르겠습니다. 한데 정말 너무 익숙해서……."

곽연은 '마치 오래전부터 알던 사람 같습니다' 라는 말을 속으로 삼켰다. 어차피 이런 잡담은 길어서 좋을 것이 없었다.

이때쯤 진양은 이들이 왕자헌과 곽연이라는 사실을 알 수 있었다.

하지만 자신의 이야기를 꺼내고 있으니 쉽게 자리를 뜨지 못했다. 만에 하나라도 이들이 자신의 정체를 알게 된다면 천상련에서는 자신을 가만두지 않을 것이 분명했다.

진양은 계속해서 숨을 죽이고 그들의 대화에 귀를 기울였다.

왕자헌이 말했다.

"그나저나 천의교의 움직임이 정말 대담하군. 어쩌면 남옥 대장군의 말대로 그들이 고위 권력과 손을 잡았을지도 모르겠어."

"혹시 그놈을 좀 더 추궁하면 뭔가 나오지 않을까요?"

"추궁한다고 해서 나오겠는가? 벌써 수년 동안 버틴 놈이다."

"그럼 차라리 죽여 버리면 어떻습니까?"

"멍청한 소리는 하지도 말게. 인질을 무가치하게 죽여 버린다고 해서 달라질 건 뭐란 말이냐? 그자는 단순한 죄인이 아니라 천상련의 인질이라고 보는 것이 옳다."

"제 생각이 짧았습니다."

진양은 여기까지 엿듣고 고개를 갸웃거렸다.

'저들이 말하는 그놈이라는 게 대체 누구를 가리키는 말일까? 천상련의 인질이라니? 그가 또 천의교와 관련이 있다는 말일까?'

그때 다시 왕자헌의 목소리가 들렸다.

"그나저나 자네는 좀 어떤가?"

"무슨 말씀이신지요?"

"후후, 자네가 날 속이려는 건가? 굳이 직접 금룡표국에 오려는 목적이 있지 않았나?"

그러자 곽연이 쑥스러운 듯 뒤통수를 긁적였다.

"알고 계셨습니까?"

"자네가 유 낭자와 서신을 주고받았다는 걸 본 련에서 모르는 사람이 없을 터인데?"

"하하, 그렇습니까?"

곽연이 멋쩍은 듯 웃어 보였지만 표정은 그리 밝지 못했다.

왕자헌이 물끄러미 바라보다가 물었다.

"생각대로 되지 않는 모양이군."

"저에 대해서 좋지 않게 보는 듯합니다."

"후후, 그럼 좋게 보도록 해야지. 만약 유 낭자가 자네와 마음이 맞기라도 한다면 이는 천상련에도 이득이 되는 일일세."

"그렇잖아도 지금 유 낭자를 한번 찾아가 보려고 합니다."

"가서?"

"사실을 이야기해야지요."

"후후! 어찌 될지 궁금하구먼."

"그런데 그녀에게서 서신이 끊어진 지가 오래된지라 어떨지……."

"여기서 백날 고민하면 무엇하나? 어서 가서 물어보든지

해야지."

"그럼 속하가 먼저 실례해도 되겠습니까?"

"이제 이야기는 끝났으니 상관없지. 표국에 머물 시간도 얼마 남지 않았으니 잘해보게나. 좋을 때군, 좋을 때야."

곽연이 웃으며 답했다.

"감사합니다. 그럼!"

곽연이 먼저 걸음을 옮기자, 왕자헌도 곽연의 뒤를 보다가 객당으로 걸어갔다.

두 사람이 사라지자 진양은 천천히 수풀 사이에서 빠져나왔다.

진양은 곽연이 사라진 방향을 보며 생각했다.

'만약 지금 가서 유 낭자에게 모든 사실을 알린다면 유 낭자의 반응은 좋지 않을 것이다. 그녀는 곽연에 대해서 좋지 않은 감정을 가지고 있으니 자칫 불화가 생길까 봐 걱정되는구나. 안 되겠다. 내가 뒤따라가서 살펴봐야겠다.'

생각을 마친 진양이 얼른 달려갔다.

곽연은 유설의 방을 찾아갔다.

유설은 곽연이 올 것을 어느 정도 짐작하고 있었기에 전혀 놀란 기색 없이 방을 나와 그를 맞이했다.

두 사람은 후원에 서서 대화를 나누기로 했다.

곽연은 새삼 유설과 단둘이 후원에 남아 있게 되자 가슴이 뛰고 얼굴이 달아올랐다. 그녀가 영롱하게 반짝이는 눈빛으로 자신을 올려다보자 형용할 수 없는 달콤한 기분에 젖어버렸다.

"하실 말씀이 무엇인지요?"

옥구슬이 구르는 듯한 목소리에 곽연은 정신을 바짝 차렸다. 그가 헛기침을 두어 번 하고는 말했다.

"사실 유 낭자께 오늘 고백할 말이 있소."

"무엇인지요?"

유설이 담담하고도 차가운 태도로 되물었다.

그녀의 반응에 곽연은 내심 불편한 마음이 들었다. 좀 더 호기심을 보이며 물어올 것이라고 기대했던 것이다. 한데 지금 유설의 태도는 어찌 보면 굉장히 귀찮은 듯한 기색마저 느껴졌다.

'하긴 밤이 깊었으니 오늘 손님들을 맞느라 많이 피곤했을지도 모른다.'

곽연은 그렇게 이해하려고 노력하며 더듬더듬 말을 꺼냈다.

"혹시… 그게… 유 낭자께 실례가 되지 않았으면 좋겠소."

"말씀하시지요."

"유 낭자는 오래전 한 남자와 서신을 주고받은 적이 있지

않소?'

질문을 꺼낸 곽연은 심장이 가슴 밖으로 튀어나올 듯 쿵쾅 거렸다.

한데 유설의 반응은 싸늘하기 그지없었다.

"그런데요?"

곽연은 순간 말문이 막혔다.

보통 자신이 이런 말을 꺼내면 뭔가 동요가 있어야 할 것이 아닌가? 어쩌면 이렇게 태연하게 반응한단 말인가?

'그래, 피곤해서 그런 거다.'

곽연은 다시 한 번 그렇게 자신을 다독이고는 당당하게 말 했다.

"그 서신의 상대가 바로 나였소, 유 낭자. 나는 그대를 처 음 보았을 때부터 지금까지 한시도 잊은 적이 없소이다."

그 말에 유설이 잠시 놀란 표정으로 곽연을 바라보았다.

하지만 그것 역시 아주 잠깐이었다. 사실 그녀는 곽연이 이 처럼 갑자기 본론을 꺼낼 줄은 생각하지 못했기에 좀 놀란 것 이다. 그 이상의 의미는 전혀 없었다.

하나 곽연은 그녀가 멈칫하는 기색을 보며 속으로 흐뭇한 마음이 들었다.

원래 누군가를 좋아할 때는 상대방의 작은 행동 하나도 크 게 보이는 법이다. 곽연은 유설이 잠깐 놀란 기색을 보이자 필시 자신에게 호감을 가졌을 것이라고 단정한 것이다.

유설이 물었다.

"저와 서신을 주고받던 사람이 곽 부당주님이란 말인가요?"

"바로 그렇소."

"그럼 곽 부당주님 말고 또 누가 있죠?"

곽연이 두 눈을 휘둥그레 뜨고 되물었다.

"그게 무슨 소리요?"

"곽 부당주님은 저를 바보로 아시나요? 제게 온 서신은 한 사람이 쓴 것이 아니었습니다. 필체가 때때로 바뀌었지요. 하지만 그 서신들은 모두 한 사람인 척했습니다. 그 말은 곧 곽 부당주님께서 누군가의 부탁을 받고 서신을 적었거나 반대로 누군가에게 부탁을 했다는 말씀이 아닌가요?"

곽연은 순간 망치로 뒤통수를 두드려 맞은 기분이었다.

'그래서였나? 그래서 최근 서신에 답장을 보내주지 않았단 말인가?'

그러고 보면 정확히 양진양이 죽고 나서부터 유설은 답장을 보내오지 않았다. 몇 통의 서신을 더 보내보았지만 마찬가지였다.

곽연 역시 어렴풋이 짐작은 하고 있었다. 필체가 갑자기 달라졌으니 유설이 의심할지도 모른다고 생각했던 것이다.

하지만 이미 급류에 휩쓸려 죽어버렸을 진양을 어디에 가서 살려온단 말인가? 더욱이 천상련에서 죽이고자 했던 아이를 다시 살려서 데려올 수도 없는 노릇이었다.

때문에 급한 대로 다른 이에게 부탁해서 서신을 적어 보냈던 것이다.

곽연이 다급하게 말했다.

"들어보시오. 그건 모두 내 진심이었소. 다만 내가 글재주가 없어 지인에게 어쩔 수 없이 부탁을……."

"이것 하나는 분명하죠. 제가 상대한 사람은 곽 부당주님이 아니었다는 것이에요."

"그, 그럼 누구를……."

"그 서신을 직접 적은 사람이에요."

"그런……!"

"곽 부당주님이 저를 보고 그리워하신 건 소녀가 감사할 일입니다. 하지만 저는 그 서신을 직접 적은 사람이 그리웠던 겁니다. 그 사람의 필체와 문장에서 그를 상상했으니까요. 그리고 전 실제로 곽 부당주님을 뵌 적도 없으니까요."

여기까지 이야기를 듣자 곽연은 머릿속이 아찔해졌다.

'이놈 양진양은 죽어서도 나를 난처하게 만드는구나!'

곽연은 어금니를 쿡 씹었다.

하지만 그는 몰랐다. 그 양진양이 지금 어디선가 몸을 숨기고 자신을 지켜본다는 것을. 그리고 여전히 진양은 그를 곤란하게 만들고 있다는 것을.

한편 지금까지 남몰래 모퉁이 뒤에서 지켜보던 진양은 유설의 말에 내심 감동하고 있었다. 그녀가 자신을 그리워했다고 말하는 부분에서는 가슴이 너무 두근거려 심장 소리가 들릴까 봐 걱정될 정도였다.

곽연이 한 걸음 나서며 말했다.

"미, 미안하오, 유 낭자. 나는 그대의 마음을 얻기 위해서 떳떳하지 못한 방법을 썼소. 그건 인정하겠소. 하지만 낭자께서 내게 이리도 차갑게 대하니 어쩔 줄을 모르겠소. 부디 노여움을 푸시고 날 용서해 주시오."

"곽 부당주님께선 제가 감당하지 못할 말씀을 거두어주세요. 이건 용서를 하고 말고의 문제가 아닙니다. 저는 오히려 곽 부당주님께 감사를 드리고 있습니다. 다만 제가 곽 부당주님께 아무런 감정이 없는 것은 어쩔 수 없는 현실일 뿐입니다."

유설은 시종 담담한 표정으로 대꾸했다.

곽연은 애가 타서 죽을 지경이었다. 지금 눈앞에 손만 뻗으면 잡힐 것 같은 한 떨기 꽃 같은 여인이 있건만, 도저히 자신이 품을 방법이 보이지 않았다. 여러 해 동안 이 여인을 떠올리면서 얼마나 애를 태웠던가? 혼자서 얼마나 많은 망상을 해

왔던가?

그런데 지금 이 순간 그 모든 것이 한순간의 꿈으로 흩어지려 하고 있었다.

'아, 양진양! 그놈은 정말 내게 도움이 안 되는구나. 내 사랑마저 죽은 그놈에게 빼앗기게 생겼구나.'

그가 길게 한숨을 내쉬자 유설이 가볍게 목례를 했다.

"밤이 깊었습니다. 곽 부당주님께선 그만 들어가 쉬시지요. 혹여 남들의 오해를 살까 걱정입니다."

유설이 그렇게 걸음을 옮기려고 하자 곽연이 얼른 그녀를 가로막았다.

"잠깐! 우리 잠깐만 더 이야기를 합시다."

"아직 하실 말씀이 더 있으신지요?"

유설이 다시 보석 같은 눈을 들어 곽연을 바라보았다. 그 눈빛을 마주하자 곽연은 복잡한 생각일랑 싹 접어치우고 단숨에 그녀를 품고 싶었다.

사실 마땅히 더 할 말이 떠오르는 것도 아니었다.

다만 이대로 유설을 그냥 보내게 되면 두고두고 후회할 것만 같았다. 무엇을 어떻게 말해야 할지 모르겠지만, 지금 말하지 않으면 가슴이 답답해 죽어버릴 것만 같았다.

"나는 낭자를 만날 날을 고대하며 기다려 왔소. 혹시 내게 오해를 하고 있다면 풀어주시오."

"저는 아무런 오해도 하지 않습니다. 이미 곽 부당주님께서는 제게 모두 말씀하시지 않았습니까? 그것으로 모든 오해가 풀렸습니다."

"그렇다면 내 마음을 어찌 이리 몰라준단 말이오?"

"곽 부당주님의 마음은 잘 알고 있습니다. 그래서 소녀가 감사드립니다. 하지만 곽 부당주님께서도 아시다시피 사람의 마음이 어디 마음대로 되는 것인가요? 저는 이미 서신을 쓴 자가 아니면 누구에게도 마음을 주기 어렵게 됐답니다."

곽연은 계속해서 유설이 진양을 들먹이자 은근히 부아가 치밀어 올랐다.

"홍! 어찌 한 번 보지도 않은 자를 마음에 둔단 말이오? 그런 경우가 있을 수 있단 말이오?"

유설이 곽연을 담담히 올려다보다가 천천히 입을 열었다.

"저는 표국의 일을 하면서 먼 거리를 오갈 때 여러 가지 부탁을 받습니다. 그중 서신을 전해달라는 부탁도 많이 받았습니다. 물론 저는 그 서신들을 함부로 읽지 않지만 서신 대부분이 연서라는 것을 알고 있습니다. 하지만 이 연서를 주고받는 남녀들은 단 한 번도 보지 않고 사랑을 나누기도 했습니다. 굳이 눈으로 보아야만 사랑을 할 수 있다면 장님들은 사랑을 할 수 없는 것일까요?"

곽연은 이제 그녀가 '사랑'이라는 단어까지 들먹이자 아예 눈이 뒤집히는 심정이었다.

곽연이 아무 대꾸도 하지 못하고 있는데, 유설이 다시 목례를 하고는 옆을 지나쳐 갔다.

순간 곽연이 손을 불쑥 뻗어 그녀의 손목을 잡았다.

"기다리시오!"

"이게 무슨 짓인가요?"

유설이 깜짝 놀라며 소리쳤다.

곽연도 자신이 지나쳤다고 생각했는지 움찔 떨고는 손을 놓았다. 하지만 그는 유설의 앞을 가로막은 채 서 있었다.

유설이 손목을 매만지며 고운 이마를 찌푸렸다.

"지금 무슨 짓이죠?"

"미안하오. 하지만 좀 더 이야기를 나누고 싶소."

"하실 말씀이 있으면 어서 하세요."

"그게… 그러니까……."

곽연은 우물거리면서 말을 쉽게 꺼내지 못했다. 무슨 말을 꺼내야 좋을지 도통 알 수가 없었다.

유설이 냉랭하게 말했다.

"미련을 버리세요. 미련 때문에 매달린다면 그건 더 이상 아름답지 못한 집착일 뿐입니다."

그 말에 곽연은 심장이 덜컥 내려앉는 기분이었다.

지금껏 곽연은 유설과 서신을 주고받으면서 그녀의 사랑

스러운 필체를 직접 두 눈으로 확인했다. 서신 속의 그녀는 늘 온화하고 부드러웠다.

한데 지금 이렇게 차가운 반응을 대하고 나니 도무지 같은 사람이라고 느낄 수가 없었다.

한편으로는 괘씸한 생각까지 들었다.

'도대체 네가 얼마나 잘났기에 천상련의 나 곽연을 이렇게 무시한단 말이냐?'

곽연이 사나운 표정으로 유설에게 성큼 다가섰다. 달빛에 비친 그의 얼굴은 금방이라도 큰일을 저지를 사람처럼 섬뜩하게 보였다.

유설은 그가 갑자기 돌변할지도 모른다는 생각에 은근히 두려움을 느꼈다.

그녀가 허리춤의 검을 잡으며 말했다.

"비키세요. 물러서지 않는다면 무례를 저지를지도 모릅니다."

상대가 자신을 적대시하자 곽연은 더욱 화가 났다.

본래 치정 사건의 구 할 이상은 충동적으로 이루어지는 법이다. 특히 치정 살인 사건을 보면 도무지 이해할 수 없는 범행이 상당수다. 사람이 정에 얽히는 순간 이미 감정이 이성을 장악하고 있기 때문이다.

지금 곽연도 그런 상태였다.

그는 뜻밖에도 유설이 단호히 거절하자 울컥하는 감정이 솟구친 것이다. 게다가 손목을 잡으면서 한차례 거친 행동을 한 직후여서 더욱 눈에 보이는 것이 없었다. 지금 이 순간만 큼은 세상에 유설과 자신밖에 없는 듯했다.

곽연이 입을 꾹 다물고 유설에게 한 걸음 더 다가갔다. 유설이 바짝 긴장하며 검을 '스릉!' 뽑아냈다.

"곽 부당주! 물러서세요!"

"후후, 날 벨 수 있겠소?"

곽연이 입꼬리를 올렸다.

유설이 기수식을 취하며 위협했다.

"당신은 월야검법의 위력을 몸소 체험하셨을 텐데요?"

"흥! 나를 너무 우습게 보는군."

말을 마친 곽연이 순간 보법을 밟았다. 그의 몸이 가볍게 날아가듯 유설에게 다가갔다. 유설이 깜짝 놀라 몸을 물리며 검을 뿌렸다.

하지만 곽연은 순식간에 그녀의 팔꿈치를 돌아가더니 등 뒤에서 그녀의 양 어깨를 잡고 눌렀다.

"앗!"

유설이 짤막하게 비명을 내질렀다.

곽연은 이어서 그녀의 등을 내찌르려고 했다. 혈도를 찍어 함부로 움직일 수 없게 만들려는 생각이었다. 물론 해칠 생각은 없었다. 다만 그녀를 얌전하게 만든 후 차근차근 이야기로 풀어갈 생각이었다.

그런데 그가 막 등의 혈도 한 군데를 내찌른 순간 검은 바람이 훅 불어왔다. 순간 곽연은 그것이 사람이라는 것을 깨닫고 얼른 뒤로 물러났다.

"누구냐!"

갑자기 나타난 사내는 유설의 어깨를 감싸며 뒤로 두어 걸음 물러났다. 그는 곧바로 유설의 등에 손을 대고 혈도를 풀어주었다.

"괜찮습니까, 유 낭자?"

"감사합니다, 양 소… 양 대협."

진양이 고개를 돌려 곽연을 무섭게 노려보았다.

"아가씨께 이 무슨 무례요?"

"흐음. 난 또 누구시라고. 양 형이 아니십니까? 이 밤중에 여기에는 어쩐 일로?"

"지금 그게 중요한 거요? 당신이야말로 이 밤중에 어째서 아가씨에게 무례를 범하고 있소?"

곽연이 싸늘한 표정으로 대꾸했다.

"잠시 오해가 있었을 뿐이오. 무례를 저지를 생각은 없었소이다."

"그런 자가 혈도를 짚는 것은 어찌 설명할 테요?"

"그러니까 오해라고 하지 않습니까?"

진양은 경멸 어린 시선으로 곽연을 응시했다. 곽연 역시 날카로운 눈빛으로 진양을 마주 보았다.

'이자는 아무래도 이상하다. 이상해.'

한편 유설은 지금까지 진양을 그리워한다는 둥 사랑한다는 둥 하는 말들을 쏟아낸 직후였기에 차마 진양을 바로 볼 수가 없었다.

진양이 그런 심정을 눈치채지 못하고 물었다.

"낭자, 다친 곳은 없습니까?"

"네, 괜… 찮아요. 고마워요."

유설이 낯빛을 붉히며 대답했다. 그러다 보니 진양도 괜히 부끄러운 마음이 들어 얼굴을 붉혔다.

곽연이 이 모습을 보자니 이들의 관계가 여간 수상쩍은 것이 아니었다.

'도대체 이자의 정체가 궁금하군.'

곽연이 냉랭한 표정으로 물었다.

"양 형은 어쩌다가 금룡표국을 알게 됐소이까?"

"대략의 사정은 국주 어르신으로부터 들어 알고 계실 텐데?"

"하지만 너무 공교롭지 않소? 마치 오래전부터 금룡표국에 접근하려고 했던 것처럼."

이는 유설도 의심하는 부분이었다.

하지만 이미 곽연과 진양의 관계를 모두 알고 있는 그녀로서는 전혀 동요하지 않았다. 오히려 곽연의 저런 태도가 얄미울 뿐이었다.

진양 역시 코웃음으로 응대했다.

"흥! 마치 그랬으면 하고 바라는 모양이구려."

곽연은 상대가 말싸움에 걸려들지 않자 속으로 생각했다.

'아무래도 더 큰 오해를 사기 전에 오늘은 이만 물러가는 것이 좋겠군. 이자의 정체를 확실히 알아봐야겠다.'

곽연은 내심 이를 갈면서 겉으로는 웃었다.

"하하, 양 형께서는 오해하지 마십시오. 아무래도 오늘 제가 여러모로 실수를 저지른 모양입니다. 저는 이만 물러가도록 하지요."

진양이 쌀쌀한 태도로 대꾸했다.

"살펴 가시오."

유설도 가볍게 목례를 해 보였다.

곽연이 돌아가자 남은 진양과 유설은 괜히 어색한 침묵에 휩싸였다.

유설은 진양을 슬쩍 흘겨보더니 물었다.

"그대는… 내 이야기를 언제부터 들은 거죠?"

진양은 차마 거짓말을 할 수 없어 이실직고했다.

"미, 미안합니다. 사실 곽연이 이쪽으로 오는 것을 보고 혹시 무슨 일이 생길까 염려되어……."

"무슨 말씀이 그렇게 많아요? 언제부터 엿들은 건지 알고 싶은 것뿐이에요."

"처음부터… 들었습니다. 하지만 유 낭자의 말을 일부러 엿들으려고 그랬던 건 아닙니다."

진양의 대꾸에 유설의 얼굴이 더욱 빨갛게 물들었다. 대답하는 진양 역시 가슴이 두근거려 어쩔 줄을 몰랐다.

두 사람은 다시 한참 동안 말이 없었다.

진양이 겨우 입을 열었다.

"밤바람이 차갑습니다. 그만 들어가 쉬시지요."

"양 소협도 그만 돌아가서 주무세요."

"그러지요. 제가 방으로 모셔드리지요."

결국 둘은 끝내 별다른 대화도 나누지 못하고 그렇게 각자의 방으로 돌아갔다.

다음날 거의 모든 무인이 금룡표국을 떠났다.

하지만 사상이괴만은 끝까지 버티고 떠나지 않았다. 일정한 거처가 없는 그들로서는 술과 고기가 넉넉한 표국이 다른 어떤 곳보다도 좋았다.

유인표도 차마 그들을 내치지 못하고 좀 더 머물도록 해주었다. 그러나 칠 주야가 지나도록 떠날 생각을 하지 않자 도장옥을 보내 정중히 양해를 구하고 표국에서 내보냈다. 물론 서요평은 세상의 온갖 욕설을 다 끌어다가 퍼부었고, 서운지는 싱글벙글 웃으며 그저 유인표를 좋은 사람이라며 칭찬을 아끼지 않았다.

그 후로 유인표는 다시 표국의 일에만 전념했다. 연회를 가지기 전까지만 해도 무림의 큰 문제를 혼자 떠안은 듯한 생각 때문에 일에 집중할 수가 없었다.

하지만 이제는 무림의 모든 사람들이 천의교의 음모를 알게 됐으니 무거운 짐을 내려놓은 듯 마음이 홀가분했다. 표국의 일도 예전처럼 활기를 띠고 진행됐다.

한편 남옥은 그날 이후로 평소 친분이 깊은 관료들을 자주 자신의 집으로 초청했다. 그때마다 남옥은 금의위 지휘사 장환에 대한 불만과 황제에 대한 불만을 쏟아냈다. 이런 소문이 조금씩 떠돌기 시작하니 도성에는 다시 흉흉한 바람이 불기 시작했다.

하지만 그때까지만 해도 금룡표국은 앞으로 어떤 재앙이 닥칠지 전혀 예상하지 못했다.

第五章
멸문지화(滅門之禍)

　진양은 표국의 일을 하면서 틈틈이 주윤문을 만나 담소를 나누곤 했다. 주윤문은 특히 세속의 일에 관심이 많았는데, 금룡표국에 무림의 인사들이 초청된 적이 있다고 하자 함께 참여하지 못한 것에 대해서 몹시 아쉬워했다.

　시간이 조금 흐르자 주윤문은 진양을 마치 친형을 대하듯 했다.

　한 번은 그가 진양을 데리고 황궁무고에 들어간 적이 있었다. 이때 진양은 황궁무고에 다양한 무공서가 존재한다는 것을 알고는 내심 놀랐다. 대부분의 무공서는 무당파의 비급을 바탕으로 한 것이었지만, 몇몇 개는 상당히 독창적인 것도 있었다.

이에 관심이 생긴 진양은 주윤문에게 부탁을 해서 권법서와 각법서 등을 빌려오곤 했다. 그럴 때마다 진양은 각 무공서를 필사해서 그 요체를 파악하고 자신의 것으로 소화했으니 그의 무공 실력이 날이 갈수록 향상됐다.

빌려올 수 있는 무공서를 모두 필사하고 난 후에는 다시 의학 서적을 빌려왔다. 그것 역시 집에서 필사를 하니 무공서만큼 그 이치를 정확히 깨우치긴 힘들더라도 대략의 의학 지식은 습득할 수 있었다.

그러던 어느 날 진양은 주윤문과 함께 황궁의 뒷산으로 사냥을 나갔다. 주윤문은 활 솜씨가 제법 좋아서 몇 시진 지나지 않아 제법 많은 사냥감을 잡았다.

그렇게 기분 좋게 사냥을 끝내고 황궁으로 돌아오는 중이었다. 마침 먼 곳에서 한 시종이 헐레벌떡 뛰어오고 있었다. 그의 표정을 보건대 몹시 놀란 듯이 보였다.

그가 다가오자 호위무사 번웅이 앞으로 몇 걸음 나가서 물었다.

"무슨 일인가?"

그러자 시종이 번웅에게 다가와서 귓속말로 뭔가를 전했다. 이야기를 듣던 번웅의 표정이 크게 흔들렸다.

진양은 그 모습을 보고 내심 의아하게 생각했다.

'어지간한 일에는 동요하지 않는 그가 어쩐 일로 저리 놀라는 것일까?'

이야기를 들은 번웅은 다시 주윤문에게 다가갔다. 주윤문이 의아하게 쳐다보자 번웅 역시 귓속말로 무언가를 전했다.

주윤문의 표정은 다른 누구보다도 경악으로 일그러졌다. 진양은 몹시 궁금했지만 황궁의 일에 함부로 개입할 수도 없는 노릇이라 가만히 기다리기만 했다.

이윽고 모든 이야기를 전해 들은 주윤문이 침통한 표정으로 한숨을 내쉬었다. 그는 진양을 향해 무슨 말을 하려다가 다시 고개를 절레절레 저으며 한숨을 내쉬었다.

진양이 모른 척 물었다.

"저하, 무슨 근심거리라도 생겼는지요?"

"양 소협."

"말씀하십시오, 저하."

"후우, 이 일을 어쩌면 좋단 말이오?"

"무슨 일이신지요? 혹시 제가 알면 안 되는 일인지요? 그렇다면 더는 여쭙지 않겠습니다."

"그게 아니라… 후우, 그게 아니라……."

진양은 점점 더 궁금증이 일어났지만 차분히 기다렸다. 주윤문의 안색을 살펴보니 점점 더 고통스럽게 일그러지고 있었다.

마침내 주윤문이 입을 열었다.

"양 소협, 한 가지 약속을 해줄 수 있겠소?"

"무슨 약속인지요?"

"우선 약속부터 하시오. 그럼 내가 말하리다."

진양은 내심 의아하게 생각했다.

'무슨 어려운 부탁이라도 하시려나? 하지만 내가 저하의 은덕을 입은 것은 부인할 수 없다. 만약 저하께서 내게 부탁을 하는 것이라면 어떤 일이라도 들어드려야 할 것이다.'

마음을 굳힌 진양이 다부진 표정으로 말했다.

"어떤 것이든지 말씀만 하십시오. 소인이 온 힘을 다해 지키겠습니다."

그러자 주윤문의 표정이 조금 밝아졌다.

그가 얼른 입을 열었다.

"양 소협은 지금 당장 응천부를 떠나시오. 그리고 다시는 이곳으로 돌아오지 마시오. 앞으로 나는 그대를 부르지 않을 것이오. 가능한 한 지금 이 순간부터 달려서 가장 먼 곳으로 가시오."

주윤문의 목소리는 매우 엄중했다.

진양은 깜짝 놀라서 입을 쩍 벌린 채로 주윤문을 바라보았다.

갑자기 이게 무슨 소린가?

뜬금없이 응천부를 떠나라니?

진양이 경황이 없는 와중에 물었다.

"저하께서는 어째서 저를 내치시는지요? 이유를 알려줄 수는 없으신지요?"

"양 소협, 나는 양 소협을 내치는 것이 아니오. 양 소협의 안위를 걱정해서 하는 소리라오. 그러니 약속을 반드시 지켜 주시오."

"그렇다면 더더욱 이유를 알고 싶습니다. 어째서 제가 응천부를 떠나야 안전하다는 말씀인지요? 제가 잘못을 범했다면 그에 대한 벌은 달게 받을 것입니다."

"그런 것이 아니오. 이는 모두… 모두……."

주윤문이 말을 하다 말고 눈물을 주르륵 흘렸다. 앞으로 진양에게 닥칠 가혹한 운명을 생각하자 감정이 울컥 솟구친 것이다.

주윤문이 흐느끼며 말했다.

"이렇게 된 것, 모두 말해 드리겠소. 오늘 장환이 남옥 대장군의 역모*를 고발했소."

"역… 모라니요?"

---

*남옥의 옥 : 금의위 지휘사 장환이 남옥의 역모를 고발해 남옥의 옥이 진행된 것은 홍무26년 2월의 일이다. 하지만 본 소설에서는 흐름상 그 시기를 유연하게 적용하였다.

"폐하께서는 남옥과 관련된 일당을 모조리 잡아들이라 명하셨다고 하오. 거기에 금룡표국이 포함되어 있소."

진양은 너무 놀라서 하마터면 말에서 굴러 떨어질 뻔했다. 그가 어리둥절한 표정으로 물었다.

"역모라니요? 남옥 대장군께서 역모를 꾀하셨단 말입니까?"

"자세한 것은 나도 모르겠소. 이제 막 전해 들은 소식이라…… 그러니 양 소협은 지금 당장 응천부를 떠나시오. 그렇지 않으면… 그렇지 않으면……."

주윤문은 끝내 뒷말을 잇지 못하고 다시 눈물을 흘렸다.

진양은 경황이 없어서 슬픈 감정도 느끼지 못했다.

'남옥 대장군이 역모를 꾀했다니? 그럴 수가! 아니다. 이건 뭔가 잘못됐다. 대장군이 좀 거친 성정이긴 하지만 그처럼 무모한 분은 아니다. 그렇다면 어쩌면…….'

진양은 등골이 오싹했다.

십삼 년 전의 호유용 사건이 머릿속을 스치고 지나간 것이다. 그리고 얼마 전에 주윤문으로부터 들었던 가시나무 이야기도 머릿속을 스쳤다.

진양이 얼른 말에서 뛰어내려 주윤문에게 절을 올렸다.

"황태손 저하, 소인을 구해주신 점 깊이 감사드립니다! 소인은 그럼 이만 물러가겠습니다!"

주윤문이 눈물을 흘리며 대답했다.

"양 소협, 끝까지 그대를 지켜주지 못해 미안하오. 부디 몸을 조심하시오."

"옥체 보존하시옵소서!"

진양은 벌떡 일어나서 흡혈마의 등에 올랐다.

"이럇!"

그가 말의 배를 박차자 흡혈마가 긴 울음을 터뜨리며 바람처럼 달려갔다. 주윤문은 그 뒷모습을 보면서 진양이 사라져서 보이지 않을 때까지 눈물을 거두지 못했다.

말을 타고 가면서 진양은 가슴이 두근거리고 숨이 가빴다. 마음이 진정이 안 되니 온몸이 부들부들 떨렸다.

그나마 다행인 것은 흡혈마가 제 주인의 몸 상태를 알고 열심히 혈맥을 자극시켜 주었기에 진양은 정신을 차릴 수가 있었다.

'저하께서는 내게 곧장 응천부를 떠나라고 했지만 그럴 수는 없다. 금룡표국은 내게 처음으로 생긴 가족과 다름없었다. 당장 표국으로 달려가 그들을 구하지 않는다면 어찌 내가 하늘을 우러러볼 수 있겠는가?'

진양이 바람처럼 달려가니 마침 먼발치에서 금룡표국이 보였다. 순간 진양은 가슴이 덜컥 내려앉는 듯했다. 표국의 대문은 한쪽이 완전히 떨어져 나가 있었고, 남은 한쪽은 비스 듬히 기울어 금방이라도 쓰러질 듯했다. 그 앞에는 입구를 지 키는 표사 둘이 배가 갈린 채 처참한 모습으로 쓰러져 있었 다.

진양이 가까이 다가가 보니 표국 내에서 요란한 소리가 들 려왔다. 병장기 부딪치는 소리와 고함 소리, 비명 소리가 한 데 어우러져 귀가 먹먹할 정도였다.

그때 표국 안에서 누군가가 소리쳤다.

"역적 유인표는 황제 폐하의 어명을 받들라!"

그 소리에 진양은 온몸의 털이 곤두서는 듯했다. 십삼 년 전 자신의 가문이 멸망할 때도 이와 비슷한 소리를 듣지 않았 던가.

진양은 더 이상 가까이 가지 못하고 얼른 말머리를 돌린 다 음 표국의 담장을 따라 달렸다. 지금 정문으로 들어갔다가는 손 한 번 써보지 못하고 황궁의 병사들에게 사로잡힐 것이 분 명해 보였다.

표국의 뒤쪽으로 돌아온 진양은 주위에 사람이 없음을 살 피고 얼른 몸을 날려 담장을 넘어갔다. 그가 사뿐히 후원에 내려서자 다행히 이곳에는 병사들이 들이닥치지 않은 상태였 다.

진양은 얼른 몸을 날려 건물 지붕 위로 올라섰다. 이때쯤

해는 이미 서산으로 기울어 주위가 어둑했다. 하지만 곳곳에서 횃불을 들고 다니는 사람들 때문에 대략의 사정이 짐작되고도 남았다.

진양은 자양신공을 끌어올려 재빨리 경신법을 펼쳤다. 그는 야조처럼 건물의 지붕 사이를 날아서 이리저리 옮겨 다녔다.

마침 건물 사이에서 도장옥이 검을 휘두르며 황궁의 병사들을 상대하고 있었다.

하지만 병사들이 너무 많아서 도장옥의 혼자 힘으로는 무리였다.

"도 표두님!"

진양이 소리치며 그의 곁으로 내려섰다.

그 순간 병사 하나가 진양을 향해 기합을 내지르며 달려들었다. 진양은 순식간에 수호필을 꺼내 들고 상대의 뺨을 후려쳤다.

철썩!

"커억!"

공력을 한껏 끌어올려 쳤기 때문에 붓털에 얻어맞은 병사는 그대로 목이 꺾여 날아가서 쓰러졌다. 두 눈을 부릅뜬 채로 꼼짝도 하지 않는 것을 보니 이미 숨을 거둔 모양이었다.

"양 소협! 왔소?"

도장옥이 병사 한 명을 베어 넘기며 물었다.

"도 표두님! 국주 어르신은 무사하십니까?"

"서쪽 사합원에 계시오! 그쪽으로 가서 국주 어르신을 모시고 여길 벗어나시오!"

"도 표두님도 함께 가시지요!"

"내가 함께 간다면 이들을 누가 막겠소? 나는 괜찮으니 어서 가시오!"

"도 표두님을 홀로 두고 갈 순 없습니다!"

그러자 도장옥이 다시 한 사람을 베어 넘기며 거칠게 소리쳤다.

"자네는 국주님으로부터 은혜를 입지 않았는가? 지금 이 순간에도 국주님과 아가씨가 위험할지도 모르는데 어찌 이리도 상황 파악을 하지 못한단 말인가! 어서 가게!"

갑자기 그가 하대를 하며 나오자 진양도 이번 사태가 보통 심각한 것이 아니라는 게 느껴졌다. 그의 말대로 언제까지 여기서 옥신각신하다가는 유인표와 유설이 위험할지도 몰랐다.

결국 진양이 눈물을 머금고 소리쳤다.

"몸조심하십시오, 도 표두님!"

"하하하! 걱정 마시오!"

도장옥은 웃음을 터뜨리는 순간, 병사의 일검에 왼쪽 허벅지에 검상을 입고 말았다.

하지만 그는 전혀 내색하지 않고 그 병사마저 베어 넘겼다. 만약 신음이라도 터뜨렸다가는 진양이 또 떠나지 못하고 망설일까 봐 그런 것이다.

진양은 입술을 질끈 깨물고 걸음을 옮겼다. 그가 건물을 돌아가고 나자 도장옥이 거친 목소리로 일갈했다.

"덤벼라! 애송이들아!"

"와아아! 죽어라! 역적!"

병사들이 함성을 내지르며 한꺼번에 그를 덮쳐 갔다. 도장옥은 신들린 듯이 검을 휘두르며 욕지기를 뱉었다.

"제미랄! 정 표두는 도대체 어디서 뭘 하는 게야?"

그가 소리치는 와중에도 불쑥 불쑥 튀어나오는 검이 그의 몸 곳곳을 찌르고 베어갔다.

진양은 서쪽을 향해 달려가는 동안 숱한 병사들과 마주쳤다. 그럴 때마다 그는 망설임없이 수호필을 휘둘렀다. 달려들던 병사들은 속절없이 쓰러져 나갔다.

이윽고 서쪽 사합원에 다다른 진양은 수화문(垂花門)을 지나다가 깜짝 놀랐다. 총관 심일태가 가슴에 검상을 입고 쓰러져 있었던 것이다. 출혈이 심해 혈색이 없고 동공에 초점이 없는 것으로 보아 이미 절명한 듯했다.

진양은 그의 몸을 타넘어 서둘러 내정으로 들어섰다. 그러자 내정을 빽빽하게 메우고 있던 병사 몇몇이 뒤를 돌아 진양을 보고 검을 휘둘러 왔다.

"여기도 있다!"

병사 서너 명이 갑자기 자신을 향해 돌진하자 진양은 얼른 수호필을 꺼내 들고 몸을 회전시켰다.

바로 군조비상의 초식이었다.

까라라라랑!

청명한 금속성이 연속으로 울리고 나서 진양은 곧장 권각을 뻗어내어 병사들의 가슴을 밀어 쳤다. 퍽퍽 하는 소리에 이어 병사들이 바람에 나부끼는 낙엽처럼 나가떨어졌다. 그들 모두 피를 한 움큼씩 토하고는 기절해 버렸다.

갑자기 막강한 적이 나타나자 병사들 중 상당수가 진양을 향해 덤벼들기 시작했다. 진양은 자양신공을 끌어올린 뒤 훌쩍 몸을 날렸다.

타다다닷!

그가 순식간에 병사들의 어깨와 투구를 밟으며 여러 사람을 뛰어넘었다. 그야말로 눈 깜짝할 사이에 병사들 뒤편까지 날아간 것이다. 진양은 바닥에 착지하자마자 대청 안으로 뛰어들어 갔다.

"국주 어르신! 유 낭자!"

마침 병사들과 치열한 싸움을 벌이고 있던 유인표가 소리 쳤다.

"양 소협! 일단 대청 문을 막게!"

진양이 얼른 문빗장을 걸고 탁자와 의자, 수납장 등을 있는 대로 끌어다가 입구를 막아버렸다. 그러고 나서 돌아보니 십 여 명의 병사가 유인표와 유설을 포위한 채 공격을 퍼붓고 있 었다.

유인표는 이미 몸 여기저기 검상을 입고 출혈이 심한 상태 였다.

진양이 얼른 기합성을 터뜨리며 그들을 덮쳐 갔다. 진양의 수호필은 그들의 몸을 격타했지만, 병사들 모두 두꺼운 갑옷 을 착용하고 있었기에 목숨을 위협하진 못했다.

하지만 자양신공을 가득 끌어올린 채로 휘두른 것이었기 에 한 번 쓰러진 병사들은 그대로 기절해서 일어나질 못했다.

그러는 사이 대청의 문은 쿵쿵 소리를 내며 금방이라도 터 져 나갈 듯 육중한 소리를 울려댔다.

대청의 병사들이 모두 쓰러지고 나자 진양이 얼른 유인표 와 유설에게 다가가 물었다.

"두 분 모두 괜찮으십니까?"

"밖의 상황은 어떤가?"

유인표의 물음에 진양이 솔직하게 대답했다.

"좋지 않습니다. 도 표두님이 중앙에서 다수의 병사들을 상대하고 계시지만……."

"얼마 버티지 못할 걸세."

"국주 어르신, 어서 피하시지요. 제가 뒤를 막겠습니다."

유인표가 씁쓸한 웃음을 머금고 고개를 저었다.

"그럴 수는 없지. 식구들을 모두 죽게 놔두고 내가 어찌 살아 도망친단 말인가?"

"국주 어르신, 군자의 복수는 십 년이 걸려도 늦지 않다고 하지 않습니까?"

"복수? 허허! 누구에게 복수를 한단 말인가? 정말로 역모라도 꾀하려고?"

그때 우지끈 하는 소리가 나더니 입구를 막고 있던 대문이 쩍 갈라졌다. 이제 바깥에 몰려든 병사들의 사나운 얼굴이 보일 정도였다. 조금만 있으면 문이 완전히 부서져 병사들이 쳐들어올 것이 분명했다.

"국주 어르신! 어서 가십시오!"

"아닐세, 양 소협. 자네는 내게 은혜를 입었다고 했던가?"

"제가 국주 어르신께 받은 은혜야말로 이루 헤아릴 수 없을 것입니다!"

"그렇다면 내 부탁 하나 함세."

진양은 유인표를 보면서 고개를 끄덕였다. 그는 이미 유인표를 위해서라면 목숨을 내던질 각오까지 되어 있었다. 그가 자신더러 여기서 혼자 적을 막아달라면 그리할 작정이었다.

"무엇이든지 이 양 아무개가 목숨을 걸고 들어드리겠습니다."

"좋네, 좋아. 그럼 당장 내 딸아이를 데리고 이곳을 떠나게나! 딸아이를 잘 부탁하네!"

"예?"

"아버지!"

진양과 유설이 동시에 놀라서 소리쳤다.

유인표가 검을 든 채로 몸을 돌리더니 문을 응시했다. 이미 검상을 많이 입어 금방이라도 쓰러질 듯한 그였지만, 진양과 유설의 눈에 그의 등은 산처럼 거대해 보였다.

유인표가 검을 한차례 휙 저으며 소리쳤다.

"뭐하는가? 어서 여길 떠나게! 내 죽음을 헛되게 하지 말라!"

유설이 소리쳤다.

"아버지! 그럴 수 없어요!"

"그렇습니다! 국주 어르신! 함께 여길 빠져나가야 합니다!"

"그럴 시간도 없고 체력도 없네. 나는 어차피 부상당한 몸이라 멀리 갈 수 없으니 두 사람은 반드시 살아서 달아나게나."

그러고는 유인표가 고개를 돌리더니 툴툴 웃었다

"설아, 이 아비가 부족해서 오늘 멸문에 이르게 됐구나. 너에게는 미안한 마음뿐이다. 너는 양 소협과 함께 반드시 살아남도록 해라."

"아버지!"

그 순간 콰장 하는 소리가 나면서 병사 하나가 문틈으로 몸을 헤집으며 들어왔다.

유인표가 일갈을 터뜨리며 달려갔다.

"네놈들이 용담호혈(龍潭虎穴)에 제 발로 들어오는구나!"

서격!

"커억!"

유인표가 검을 휘두르자 이제 막 대청 안으로 들어서던 병사 하나가 그대로 목을 잃고 쓰러졌다. 그의 무서운 기세에 대청 밖의 병사들이 잠시 주춤거렸다.

덕분에 그들은 쉽게 들어오지 못하고 대신 정문을 계속해서 부숴 나갔다.

유인표가 버럭 고함질렀다.

"어서 떠나거라! 지금 가지 않는다면 나는 죽어서도 너를 원망할 것이다!"

진양은 그의 모습을 보고는 돌이킬 방법이 없다는 것을 깨달았다. 이제는 싫어도 떠나야만 했다. 만약 계속해서 남아 있다간 유인표와 함께 자신과 유설도 이 자리에서 죽음을 면치 못하리라.

그러는 동안에도 병사들은 부지런히 문을 부숴 나가서 이제는 두 명이 동시에 들어올 수 있을 정도로 입구가 넓어졌다.

하지만 그들은 아직도 유인표의 기세에 눌려 머뭇거리며 쉽게 들어오지 못했다. 아마도 입구의 장애물을 모조리 걷어 치운 다음 한꺼번에 들이닥칠 작정인 듯했다.

진양이 바닥에 엎드려 절을 올렸다.

"불초 양 아무개, 국주 어르신의 은혜를 평생 잊지 못할 것입니다!"

마지막 인사였다.

진양은 눈물이 앞을 가리고 목이 메었다.

유인표가 진양을 돌아보며 부드럽게 웃었다.

"설아를 잘 부탁하네."

"목숨을 걸고 지키겠습니다!"

"설아."

"아버지……."

유설은 내내 눈물을 흘리며 제대로 말도 꺼내지 못했다. 그녀는 지금 이 순간이 악몽 같기만 했다.

유인표가 진양과 유설을 번갈아 보더니 말했다.

"너희 둘은 무척 잘 어울린다."

그러나 그의 이 말은 밖에서 병사들이 내지르는 고함 소리에 묻혀 잘 들리지 않았다. 게다가 진양과 유설은 그의 말을 곱씹을 정신적 여유도 없었다.

유인표가 시선을 돌려 병사들을 노려보며 말했다.

"가라!"

진양이 자리에서 일어났다. 그가 유설에게 다가갔다.

"떠나야 합니다, 낭자."

유설은 흐느끼며 고개를 끄덕일 뿐 아무런 말도 하지 못했다.

그 순간 병사들이 함성을 내지르며 봇물 터지듯 쏟아져 들어왔다.

"우와아아!"

"어서!"

유인표의 외침에 진양이 얼른 유설의 허리를 안아 들었다.

"그럼 실례하겠습니다."

그런 뒤 몸을 훅 날려 대들보 위에 올라섰다. 이어서 그는 수호필을 휘둘러 지붕을 박살 내고는 몸을 훌쩍 날렸다.

순식간에 지붕 위로 올라선 그가 바람처럼 달려가기 시작했다.

등 뒤에서 병사들의 함성 소리와 유인표의 호통 소리가 아스라이 멀어져 갔다.

진양은 뒤도 돌아보지 않고 달렸다. 그 뒤를 따르는 유설은 눈물이 앞을 가려 제대로 달리지도 못했다. 결국 진양은 유설을 안아 든 다음 경공을 펼쳐 내달리기 시작했다.

숲을 헤집으며 한참을 달려가고 나니 뒤쫓는 병사들의 인기척이 더 이상 느껴지지 않았다. 진양은 주변을 한 번 살펴본 뒤 물 흐르는 소리를 따라 걸음을 옮겼다. 다행히 멀지 않은 곳에 개울이 흐르고 있었다.

두 사람은 개울물을 마시고 호흡을 가다듬었다.

"아버지……."

유설은 멍한 표정으로 중얼거렸다. 그녀의 목소리를 듣는 진양은 가슴이 미어지는 듯했다.

'내가 은혜를 갚고자 일 년 동안 금룡표국을 돕기로 했는데 그 일 년도 채우지 못하는구나. 군자의 도리를 다하기가 이렇게 어렵단 말인가?'

진양은 길게 한숨을 내쉬고 하늘을 올려다보았다. 밤하늘에 빼곡하게 박힌 별이 금방이라도 쏟아져 내릴 듯했다. 진양은 가만히 침묵하며 개울물 흐르는 소리와 유설의 흐느끼는 소리를 듣고만 있었다.

잠시 후 그가 자리를 털고 일어났다.

"낭자, 이럴 때일수록 기운을 내야지요. 제가 무슨 일이 있더라도 낭자를 지켜주겠습니다."

유설은 다정하면서도 강한 의지가 담긴 진양의 목소리를 듣자 더욱 서글픔이 밀려왔다.

"이미 양 소협께 받은 은혜가 많은데 제가 어찌 다 감당하겠어요."

"당치도 않는 말씀입니다. 오히려 제가 송구할 따름입니다."

진양은 유설을 부축해 일으켜 주었다.

유설이 한 걸음 막 내디디려는데, 순간 그녀가 중심을 잃고 휘청거렸다. 너무 많은 눈물을 흘린 데다 하루 동안 받은 충격이 커서 체력적으로도 힘들었던 것이다.

진양이 얼른 그녀를 부축하며 말했다.

"우선 근처에 몸을 숨길 만한 곳을 찾아봐야겠군요."

"괜히 저 때문에 발목을 잡히는 게 아닌지 모르겠어요."

"걱정 마세요. 그럴 일은 없을 겁니다."

진양이 따뜻한 목소리로 그녀를 안심시켰다.

유설은 새삼 진양의 어깨가 넓어 보였다. 이제 믿을 사람이라고는 그 한 명밖에 없었다. 그러다 보니 진양의 한마디 한마디가 그녀에게 큰 위로가 됐다.

그때 멀찍한 곳에서 고함 소리가 들렸다.

"저기다!"

"거기 서라!"

곧이어 병장기 부딪치는 소리가 들렸다.

진양과 유설은 깜짝 놀라서 소리가 난 방향을 바라보았다.

'벌써 이곳까지 따라왔단 말인가? 이대로라면 잡힐지도 모른다.'

진양이 얼른 유설을 부축해서 걸음을 옮기려는데, 이상하게도 인기척은 다시 점점 멀어져 가고 있었다. 진양은 유설을 진정시킨 다음 옆의 커다란 나무를 타고 올라갔다. 높은 나뭇가지 위에서 멀리 내다보니 한 무리의 병사가 횃불을 들고 모여 있는 것이 보였다. 그 불빛이 퍼졌다가 다시 모여들기를 반복하니, 틀림없이 그곳에 뭔가 일이 벌어지고 있는 모양이었다.

'저곳에 누가 있는 걸까?'

진양이 내려와서 유설에게 이야기하니 유설이 눈빛을 빛내며 말했다.

"혹시 아버지가 여기까지 도망쳐 오신 건 아닐까요?"

"아!"

진양이 제 허벅지를 탁 치며 탄성을 터뜨렸다. 하지만 그는 곧 어두운 표정이 됐다.

'아니다. 국주 어르신이 벌써 우리 뒤를 쫓아왔을 리가

없다.'

유인표의 성품으로 보나 그가 입은 상처로 보나 그럴 확률은 매우 적었다.

진양의 표정을 읽은 유설도 한 가닥 희망을 버렸다.

"역시… 그럴 리는 없겠죠?"

"흠. 하지만 도 표두님이나 정 표두님일지도 모르겠습니다."

"그렇군요. 그럼 어서 가서 도와줘요."

진양이 고개를 끄덕였다.

모여 있는 횃불의 수를 봤을 때 그리 많은 병사가 있는 것은 아니었다. 만약 도장옥이나 정여립이라면 병사들을 함께 처치하고 같이 도망가는 것이 좋으리라.

"그럼 잠시 여기 계세요. 제가 다녀오지요."

"아니에요. 저도 돕겠어요."

"지금 상태로는 무리입니다."

"그래도 함께 가서 숨어 있을게요. 저 혼자… 남긴 싫어요."

유설이 마지막 말을 작게 내뱉었다.

진양은 그녀의 마음을 짐작하고는 고개를 끄덕였다.

"알겠습니다. 조심하세요."

두 사람은 다시 나무 사이를 헤집으며 빠르게 나아갔다. 횃

불이 모인 근처에 다다라서는 두 사람 모두 나뭇가지를 밟고 이동했다.

가까이 가서 상대를 확인하니 그는 도장옥도 정여립도 아니었다.

'저자는… 혹 형님이 아닌가?'

병사들에게 둘러싸여 왼손으로 검을 부리는 자는 다름 아닌 흑표였다. 아마도 남옥을 호위하다가 둘이 갈라지면서 그 혼자 여기까지 도망치게 된 듯했다.

흑표의 반수검은 확실히 위력이 상당했다. 그가 검을 든 왼손을 움직이면 반드시 병사 중 한 명은 피를 뿌리며 바닥에 쓰러졌다. 흑표는 신출귀몰하게 병사들 사이를 누비며 싸웠다.

하지만 병사들의 수가 너무 많았다. 이미 오랫동안 싸워왔기 때문인지 흑표 역시 체력의 한계를 보이고 있었다. 찢어진 오른쪽 팔뚝에서는 선혈이 끊임없이 흐르고 있었다.

진양이 유설에게 귓속말을 전했다.

"혹 형님을 구하고 함께 움직이는 것이 좋겠습니다."

"저들을 상대할 수 있겠어요?"

"이 정도 인원이라면 해볼 만하겠습니다."

"알겠어요. 부디 조심하세요."

유설이 두려움에 젖은 눈빛으로 진양을 바라보았다. 진양은 그녀의 눈빛을 보자 더욱 마음이 저려와 다부진 표정으로 고개를 끄덕였다.

다음 순간 그가 몸을 날려 병사들 틈에 내려섰다.

"앗! 웬 놈이냐?"

병사 하나가 버럭 소리쳤다.

진양은 대꾸도 하지 않고 다짜고짜 병사들을 향해 수호필을 휘둘러 갔다. 공력을 한껏 끌어올린 탓에 수호필에 달린 은잠사 붓털이 빳빳하게 뻗어 있었다.

진양이 옆구리, 목, 겨드랑이 등의 요혈을 찌르자 달려들던 병사들이 저마다 몸이 빳빳하게 굳으며 쓰러졌다.

"이놈도 역적이다! 죽여라!"

병사들이 둘로 나뉘어져 진양에게도 덤비기 시작했다. 진양은 수호필을 마구 휘둘렀다. 어쩔 때는 지둔도법을 펼쳤고, 어쩔 때는 십절류를 펼쳤다. 또 어느 순간에는 월야검법을 펼쳐 닥치는 대로 적을 공격해 갔다.

진양은 가급적 살인을 저지르고 싶지 않았다.

하지만 사방에서 적이 벌떼처럼 달려들었기 때문에 공력을 세심하게 조정한다는 것은 불가능했다. 그가 있는 대로 자양신공을 끌어올려 매 순간 절초를 펼치니, 수호필에 얻어맞거나 붓털에 베인 자들이 피를 뿜으며 쓰러져 갔다. 한번 쓰러진 자는 다시는 일어서지 못했다.

한편 흑표는 진양이 등장하자 더욱 힘을 얻어 매서운 검법으로 병사들을 휘몰아쳐 갔다. 그의 움직임이나 현란한 검술을 보고 있노라면 도저히 부상을 당한 몸 같지가 않았다.

대략 차 한 잔 마실 시간이 지나자 병사 중 두 발로 서 있는 자가 남아있지 않게 됐다. 그제야 진양은 유설을 불러 내려오도록 했다.

진양이 말했다.

"흑 형님도 저희와 함께 가시죠."

"나는 갈 수 없소. 도와줘서 고맙소, 양 형."

뜻밖의 대답에 진양이 어리둥절한 표정으로 물었다.

"함께 갈 수 없다니요?"

"대장군께서 놈들의 손에 잡혔소. 지금 당장 구하러 가야 하오."

"하지만 대장군은 지금 황궁에 잡혀 계시지 않습니까?"

"그렇소."

"그럼 황궁으로 가시겠단 말씀입니까?"

"그렇소."

"그건 안 될 말입니다. 만약 흑 형님께서 황궁으로 가신다면 틀림없이 사로잡혀 죽음을 면하기 어려울 것입니다."

"그렇다고 어찌 대장군을 버리고 간단 말이오? 그럴 수는 없소!"

"신중히 생각하십시오. 단순히 감정으로 해결할 일이 아닙니다. 지금 혹 형님이 황궁으로 가신다는 것은 너무 무모한 일입니다."

그러자 유설도 얼른 나섰다.

"그래요. 아마 대장군께서도 혹 선배가 무모한 행동을 하길 바라시진 않을 거예요."

두 사람이 적극적으로 나서서 말리니 흑표의 눈빛도 조금 흔들렸다.

그가 갑자기 기합성을 내지르며 검을 휘둘렀다.

"으아아아!"

써걱!

단 일 검에 기둥이 베인 커다란 나무가 육중한 소리를 내며 넘어갔다. 이는 자신의 생각을 베어낸 것과 다름없었다.

진양이 다독이듯 말했다.

"군자의 복수는 십 년이 걸려도 늦지 않다고 했습니다. 우선 여기를 피하시지요."

결국 흑표는 검을 집어넣고 걸음을 옮겼다.

세 사람은 함께 숲 속을 달려갔다.

세 사람은 서쪽을 바라보고 줄곧 내달렸다. 어느새 날이 밝아올 무렵, 세 사람은 비로소 산속의 동굴 하나를 발견하고 몸을 숨겼다.

"이제 어디로 갈 생각이오?"

흑표가 무뚝뚝한 표정으로 두 사람에게 물었다. 진양과 유설은 서로를 바라보았다. 막상 닥친 화를 피해서 도망치긴 했지만 정작 목적지는 아무도 정하지 않았던 것이다.

그때 유설이 조심스런 목소리로 말했다.

"호광(湖廣) 남쪽 지방에 아버지와 의형제를 맺은 백부님이 계세요. 그곳으로 가는 건 어떨까요?"

진양이 흑표를 바라보니 그가 보일 듯 말 듯 고개를 끄덕였다. 호광 남쪽 지방이라면 직례 일대에서도 제법 거리가 있으니 당분간 몸을 의탁해도 괜찮을 듯싶었다.

목적지가 정해지고 나자 진양은 숲으로 나가서 멧돼지 한 마리를 사냥해 왔다. 세 사람은 어제부터 한 끼도 먹지 않고 줄곧 달리기만 했기에 몹시 허기가 진 상태였다. 그들은 서로 말도 나누지 않고 돼지고기를 먹어치웠다.

그들은 낮 동안 동굴에서 잠을 잤고, 해가 떨어지면 다시 움직이기 시작했다. 그렇게 낮에는 활동을 삼가고 밤마다 이동해서 수일이 지났을 때 호광 지방의 장사(長沙)에 도착할 수 있었다.

하지만 유설이 찾아간 백부의 집은 이미 불에 타버려서 한 줌 잿더미로 변한 뒤였다. 백부 역시 역모의 죄에 연루되어 멸문당하고 만 것이다.

먼 길을 달려온 진양 일행은 결국 허탈한 마음으로 걸음을 돌릴 수밖에 없었다.

그들은 또다시 목적지를 놓고 고민해야 했다. 천하는 넓은데 갈 곳이 없는 지경에 이른 것이다.

한참을 고심하던 진양이 조심스럽게 의견을 꺼내보았다.

"혈사채로 가보는 것은 어떻겠습니까?"

"혈사채요? 그들은 우리 금룡표국을 습격한 자들이 아니던가요?"

유설이 적개심 가득한 표정으로 물었다.

진양이 부드럽게 웃으며 안심시켰다.

"한때 그랬습니다만 지금은 그들도 후회하고 있습니다. 더욱이 지난번 그들은 제게 언제든 도움을 주겠노라고 약속했었지요."

진양은 스스로 그런 말을 꺼내는 것이 왠지 민망했지만, 그녀를 안심시키기 위해서는 어쩔 수가 없었다. 마침 듣고 있던 흑표가 힘을 실어주었다.

"맞는 말이오. 그들은 양 형을 은인처럼 여긴다고 했으니 그들이 진정 대장부라면 양 형을 봐서라도 우리를 내치지는 못할 것이오."

"그렇습니다. 비록 남에게 손을 벌리는 것이 부끄러운 일

이긴 하지만, 굽힐 때를 아는 것이 진정한 용기가 아니겠습니까?'

진양의 말에 유설도 조금씩 마음이 움직였다.

그녀는 진양을 바라보며 고개를 끄덕였다.

"알겠어요, 양 소협. 저는 소협의 말씀에 전적으로 따르겠어요."

그녀가 다소곳이 대답하자 진양은 괜스레 낯이 뜨거워 헛기침을 두어 번 했다.

세 사람은 다시 혈사채가 있는 경석산으로 향했다.

第六章
혈사채에 머물다

진양 일행이 경석산을 코앞에 두고 있을 때였다.

세 사람이 지친 몸을 이끌고 막 언덕을 넘어가고 있는데, 어디선가 말 울음소리가 길게 울렸다. 진양이 고개를 들어보니 언덕 아래에서 말 한 마리가 일행을 향해 쏜살같이 달려오는 것이 아닌가?

처음에는 병사인 줄 알고 얼른 몸을 피하려고 했다. 한데 가만 보니 말에 탄 사람이 보이지 않았다. 좀 더 가까이 왔을 때 진양은 비로소 그 말이 바로 흡혈마라는 사실을 깨달을 수 있었다.

진양이 크게 기뻐하며 얼른 달려가서 흡혈마를 맞이하니 말은 앞다리를 높이 치켜들며 큰 소리로 울었다. 그 모습을 보던 유설이 얼른 다가와서 물었다.

"양 소협, 다시 말을 찾게 돼서 다행이에요. 그런데 이 말이 어떻게 여기에 와 있을까요?"

그녀의 질문에 진양도 의아한 생각이 들었다.

"글쎄요. 그것참 이상하긴 하군요."

흑표가 물었다.

"이 말이 어디서 달려왔소?"

"저 아랫길에서 굽어 돌아오는 걸 봤습니다."

"우선은 어떤 함정이 도사리고 있을지 모르니 주의합시다."

"알겠습니다."

진양이 진중한 표정으로 고개를 끄덕였다.

세 사람은 내공을 끌어올려 한껏 감각을 곤두세운 다음 길을 따라 내려갔다. 한데 길모퉁이를 돌아섰는데도 사람은커녕 짐승 한 마리도 보이지 않았다. 대신 저만치 아래에 객점 하나가 덩그러니 지어져 있었다. 아마도 행상들을 상대로 돈을 버는 객점인 듯했다. 그렇다고 길가에 누군가 매복하고 있을 만한 장소도 되지 못했다.

유설이 고개를 갸웃거렸다.

"아무도 없군요."

그때 진양이 얼른 검지를 입술에 가져갔다.

"쉿!"

유설이 입을 다물고 기다리니 흑표가 천천히 고개를 끄덕이며 말했다.

"함정은 아닌 것 같소. 한데 저 객점에 사람들이 있군."

"싸우는 것 같군요."

진양이 대답했다.

유설은 귀를 기울여 보았지만 객점이 워낙 멀리 떨어져 있어서 아무런 소리도 들리지 않았다. 그녀는 진양과 흑표를 보면서 내심 감탄을 금할 수 없었다.

'이 두 사람은 내공이 정말 대단하구나.'

세 사람은 천천히 객점이 있는 곳으로 다가갔다. 객점이 가까워지니 유설에게도 소리가 들리기 시작했다. 병장기가 부딪치는 소리, 고함 소리, 비명 소리가 한데 어우러져 있었다.

소리만 들어보아서는 분명히 객점 안에 병사들이 몰려든 것 같았다.

진양이 걸음을 멈추고 말했다.

"아무래도 병사들이 있는 모양입니다. 그들이 많든 적든 부딪쳐서 좋을 것이 없겠습니다. 흡혈마가 어떻게 여기까지 온 것인지는 모르겠지만 일부러 위험을 자초할 필요는 없겠지요."

"동감이오."

흑표가 고개를 끄덕였다.

세 사람은 다시 걸음을 돌려 객점을 멀리 돌아가기로 했다. 그런데 그들이 막 걸음을 내디딜 때였다.

콰창!

"크악!"

객점 이층 창문이 깨지면서 사람 하나가 밖으로 튕겨 날아 왔다. 바닥에 쓰러져 나뒹구는 자는 갑옷을 입은 병사였다. 진양 일행이 흠칫 몸을 떨고 숨으려는데, 다시 비명 소리와 함께 창문으로 한 남자가 날아와 떨어졌다.

콰당!

"으윽!"

비명을 내지르며 쓰러진 자는 놀랍게도 세 사람이 모두 아 는 인물이었다.

바로 정여립이었던 것이다.

"정 표두님!"

진양이 깜짝 놀라서 달려갔다. 흑표와 유설도 얼른 달려갔 다.

진양이 막 정 표두의 상태를 살펴보려고 하는데 마침 객점 문이 열리더니 병사들이 우르르 쏟아져 나왔다. 그들은 진양을 보더니 흠칫 놀란 표정을 지으며 소리쳤다.

"너는 웬 놈이냐?"

진양이 얼른 정 표두 앞을 막아서며 소리쳤다.

"덤벼라!"

그때 병사 하나가 진양을 알아보았는지 소리쳤다.

"앗! 저놈은 금룡표국에서 도망친 자다! 저기 유인표의 딸이다! 쳐라!"

병사들이 우르르 달려들더니 진양 일행을 향해 달려들기 시작했다. 진양은 이들이 정여립은 신경도 쓰지 않고 자신들에게 달려드니 오히려 잘됐다고 생각하며 마음 놓고 싸웠다.

흑표의 반수검이 여기저기서 번쩍였고, 유설의 월야검법이 우아하게 펼쳐졌다.

하지만 병사들 역시 무공을 상당 수준으로 익혔는지 이번만큼은 쉽게 나가떨어지지 않았다.

그때쯤 쓰러졌던 정여립이 천천히 몸을 일으키고 있었다. 병사들에게 수호필을 휘두르던 진양이 반색하며 소리쳤다.

"정 표두님! 정신이 좀 드십니까?"

"덕분에."

정여립이 이마를 짚고 머리를 세차게 흔들더니 검을 바로 쥐었다. 그는 곧장 기합성을 터뜨리며 진양을 향해 검을 휘둘러 왔다.

진양은 물론 흑표와 유설도 대경실색해서 경악성을 터뜨렸다.

"앗!"

진양이 얼른 지둔도법을 펼쳐 몸을 강시처럼 눕혔다. 그 바람에 정여립의 검이 진양의 왼쪽 어깨를 슬쩍 베며 지나쳤다. 만약 진양이 조금만 늦었더라면 어깨 대신 목이 베였을 터였다.

"흥! 쥐새끼 같은 놈!"

정여립이 다시 검을 휘두르며 진양의 가슴을 베어 들어왔다. 진양은 정신을 차릴 수가 없었다. 얼른 몸을 비스듬히 일으켜 세우며 소리쳤다.

"정 표두님! 정신 차리십시오! 접니다! 양진양입니다!"

"오냐! 네놈이라는 걸 누가 모른다더냐?"

정여립이 계속해서 쾌검을 구사하며 진양을 궁지로 몰아넣어 갔다. 진양은 도대체 뭐가 어떻게 돌아가는지 알 수가 없었다.

보다 못한 유설이 병사와 검을 부딪치는 와중에 소리쳤다.

"정 표두! 양 소협을 공격하지 마세요! 무슨 오해를 하고 계신 건가요?"

"오해는 무슨 오해! 그런 것 없소!"

이렇게 되니 진양은 병사들과 정여립의 검을 동시에 막아내느라 정신을 차릴 수 없었다.

그때 객점의 문이 열리더니 시커먼 그림자 하나가 휙 날아왔다. 그는 곧장 발을 뻗어 정여립의 가슴을 걷어찼다.

"컥!"

정여립이 피를 울컥 토하면서 뒤로 날아가 나뒹굴었다. 이어서 또 다른 그림자가 날아오더니 진양을 공격하는 병사들을 일 검에 둘이나 베어버렸다.

좌악! 싸악!

"크억!"

"아악!"

두 병사가 비명을 지르며 쓰러지자 남은 병사들이 얼른 몸을 빼냈다. 그들은 일제히 달려가 정여립을 부축해서 일으켰다.

진양이 정신을 차리고 보니 객점에서 막 뛰쳐나온 두 사람은 바로 위사령과 조전이었다.

위사령이 정여립을 향해 호통 쳤다.

"이 개만도 못한 놈! 네놈 낯짝이 이리도 두껍단 말이냐?"

진양은 도대체 이게 무슨 상황인지 알 수가 없었다. 흑표와 유설도 마찬가지였다.

어느새 병사들은 정여립과 함께 한쪽으로 물러서 있었다.

진양이 물었다.

"위 선배님, 이게 어떻게 된 일입니까? 어째서 정 표두님을 나무라시는 겁니까?"

그러자 위사령이 진양을 돌아보고 말했다.

"양 소협, 무사해서 다행이오. 저 정 표두는 배신자요!"

"배신자라니요?"

"저자가 금룡표국을 장환 지휘사에게 고발했소."

유설이 눈을 휘둥그렇게 뜨고 물었다.

"그게… 그게… 정말이에요?"

"이 마당에 내가 왜 거짓말을 하겠소?"

"그럴 수가!"

진양과 유설은 믿을 수 없다는 표정으로 정여립을 돌아보았다. 정여립은 혀를 차고는 냉랭한 표정으로 위사령을 노려보았다.

유설이 물었다.

"정 표두님, 뭔가 오해가 있는 거죠? 그렇죠?"

"후후, 배신자라는 말은 오해가 있는 게 맞소."

"역시 그렇죠? 그럼 어떻게 된 거죠?"

"배신자는 바로 유 국주요."

"뭐라고요?"

"유 국주는 황제 폐하를 배신하고 남옥과 함께 역모를 꾀하려고 했소! 그러니 진정한 배신자는 내가 아니라 유인표지!

하하하!'

순간 유설은 다리에 힘이 풀려 휘청거렸다.

진양이 얼른 그녀를 부축했다. 그러는 사이 흑표가 나서서 날카로운 눈으로 정여립을 노려보았다.

"닥쳐라! 대장군께서는 역모를 꾀한 적이 없으시다!"

"후후! 남옥은 당신도 믿지 못했던 모양인가 보군. 그러니 당신도 모르게 일을 진행시켰겠지."

"뭣이?"

흑표가 눈썹을 일그러뜨렸다.

그 순간 유설이 번개처럼 몸을 날리더니 정여립을 향해 검을 내찔렀다. 워낙 갑작스러운 움직임이었기에 서 있는 사람 중 누구도 그녀를 막지 못했다.

순식간에 수 장을 날아간 그녀가 곧장 야아관월 초식을 펼쳤다. 정여립이 화들짝 놀라며 몸을 비틀었다.

쉬이잇! 푹!

유설의 검이 정여립의 왼쪽 어깨를 그대로 관통했다. 이어서 유설이 검을 휘두르려는데 병사 세 명이 동시에 소리를 지르며 달려들었다.

"이야압!"

까앙! 깡!

유설의 검과 그들의 검이 맞부딪치며 청명한 금속성이 울렸다. 유설은 더 나아가지 못하고 뒤로 물러설 수밖에 없었다.

그때 진양이 얼른 달려들어 수호필을 휘둘렀다.

"물러서라!"

그가 호통을 치며 수호필을 내찌르자 꼿꼿하게 선 은잠사의 붓털이 그대로 병사의 팔꿈치를 꿰뚫었다.

"악!"

병사가 비명을 터뜨리며 쓰러졌다. 이를 신호로 흑표와 위사령, 그리고 조전이 약속이라도 한 듯 병사들을 향해 쇄도했다.

병사들은 있는 힘을 다해 이들과 맞섰다.

한편 정여립은 가만히 물러나서 살펴보니 아무래도 상황이 불리하게 돌아가는 듯했다. 그는 적당히 어울리다가 조금씩 몸을 뺐다. 그리고 틈을 보다가 잽싸게 몸을 돌려 말을 타고 달아났다.

"배신자가 달아난다!"

위사령이 노해서 소리쳤지만, 진양 일행 모두 병사들을 상대하고 있었기에 당장 쫓아갈 수가 없었다.

반면 병사들은 정여립이 달아나 버리자 더욱 사기를 잃고 말았다. 결국 그들은 얼마 가지 못해 저마다 무기를 버리고 살려달라고 빌었다.

진양 일행은 검을 거두었지만 위사령과 조전은 남은 병사들을 모조리 일검일도에 베어 죽였다. 그걸 본 진양이 깜짝 놀라서 물었다.

"굳이 죽일 필요까지 있습니까?"

"흥! 저놈들을 살려줘 봤자 나중에 더 큰 화근이 될 뿐이오. 지금 우리가 살려준다고 한들 그 고마움은 하루도 가지 않을 게 분명하오."

하지만 진양은 위사령과 조전의 잔인함에 마음이 영 편치 못했다.

'과연 이들이 왜 사파의 무인으로 분류되는지 알 것도 같다. 용서란 일체 없구나. 이미 전의를 상실한 자들을 죽이는 것은 정말 잔인하지 않은가?'

한편 위사령은 진양의 표정을 보고는 웃었다.

"하하하! 양 소협은 괜한 것에 신경 쓰지 마시오. 저런 버러지 같은 놈들은 잊어버리고 어서 갑시다! 마침 우리는 양 소협을 찾으러 가던 길이었는데 이렇게 만났으니 하늘이 우리 인연을 보살피시는구려!"

그제야 진양은 잊고 있었던 게 기억난 듯이 물었다.

"그러고 보니 어떻게 이곳에서 혈전을 벌이고 계셨습니까?"

"말하지 않았소? 우리는 양 소협을 찾는 참이었소."

"저를요?"

"물론이오. 우리는 소협을 은공으로 섬기고 있소. 벌써 잊은 건 아니겠지요?"

"그럴 리가요. 그저 감당하지 못할 뿐입니다."

"하하하! 소협은 너무 겸사하지 마시오. 우리 채주님께서는 남옥의 역모 소식을 전해 듣고 곧장 우리를 응천부로 보내셨소. 양 소협을 도와주기 위해서였소."

그러자 흑표가 눈빛을 번뜩이며 말했다.

"입을 조심하시오. 대장군께서는 역모를 꾀한 적이 없소."

그제야 위사령도 자신이 실수한 것을 알고 웃으며 사과했다.

"미안하오, 미안하오. 아무튼 우리는 채주님의 명을 받고 곧장 응천부로 달려갔소."

혈사채 채주 곡전풍은 비록 사파의 무인이지만 누구보다도 은원 관계를 분명히 할 줄 알고 대장부의 의리와 약속을 중시하는 자였다.

그는 며칠 전에 남옥의 역모 소식을 수하로부터 전해 듣고 말했다.

"남옥이 역모를 꾀했다는 것이 사실이든 아니든 중요하지 않다. 이미 일이 이렇게 된 이상 황제는 두 번째로 공신들을 대대적으로 주살할 것이다. 또한 평소 친분이 있던 자들 모두 멸문당할 확률이 크다. 그러니 금룡표국은 그 첫 번째 대상이 될 것이다. 황궁이 무림인들까지 건드리진 않겠지만, 표국과 친분이 있던 관료들이나 일반 백성들은 거의 죽음을 면하기 어렵다고 봐야 한다."

"그럼 양 소협도 위험하지 않겠습니까?"

위사령의 말에 곡전풍이 고개를 끄덕였다.

"그가 현재 금룡표국에 몸담고 있으니 화를 면하기 어려울 것이다."

"그렇다면 응당 우리가 나서서 도와야 할 일이 아니겠습니까?"

"옳은 말이다. 좌검부장과 우도부장은 당장 웅천부로 가서 양 소협을 돕도록 하라."

그렇게 해서 위사령과 조전은 웅천부로 향했다. 한데 두 사람이 금룡표국에 다다랐을 때는 이미 주인을 잃은 흡혈마만이 그 주위를 배회하고 있을 뿐이었다.

두 사람은 어쩔 수 없이 흡혈마를 이끌고 돌아오려고 했는데, 마침 정여립과 마주치고 만 것이다. 정여립은 병사들을 이끌고 두 사람을 추격했고, 결국 이 객점에서 혈전을 벌이게 된 것이다.

위사령과 조전은 수적 열세를 극복하고자 객점 건물을 이용한 것이었는데 그 선택은 탁월했다.

위사령이 정여립을 향해 소리쳤다.

"정 표두! 당신이 어째서 병사들의 우두머리 노릇을 하고 있는가? 양 소협은 어디에 있는가?"

"후후! 그가 어디에 있는지는 내가 묻고 싶군."

"네놈이 금룡표국을 배신했단 말인가?"

"배신? 처음부터 나는 금룡표국을 위해서 일한 것이 아니었으니 배신이라고 할 것까진 없지 않겠는가?"

"뭣이?"

"위사령, 눈치가 없어도 너무 없구나. 네놈이 금룡표국에 잡혀 끌려가던 날 누가 널 풀어줬는지 아느냐?"

"그야 천의교에서……."

"천의교 무인이라는 건 어찌 알았는가? 그자의 모습을 보았나?"

"그자는 복면을 쓰고 있었다. 그러니 얼굴을 모를 수밖… 설마… 그렇다면 그자가… 너… 너……!"

위사령이 손가락을 부들부들 떨며 정여립을 가리켰다.

정여립이 입꼬리를 말아 올리며 말했다.

"알겠나? 어찌 보면 이 어르신이 너의 은인이다."

"그, 그럼 네놈은… 천의교 소속이란 말이더냐?"

"만약 그날 내가 제대로 지령을 받을 수만 있었어도 너를

그 자리에서 풀어주지 않고 그냥 죽였을 텐데… 아쉽군, 아쉬
워."

"네놈이 감히!"

위사령이 우렁찬 고함을 터뜨리며 도를 휘둘렀다. 그 순간
앞을 막아서던 병사 하나가 그대로 튕기면서 창문을 부수고
나가떨어졌다. 이어서 휘두른 일도에 정여립이 검을 들어 막
았으나 역시나 무거운 힘을 이기지 못해 창문 밖으로 날아가
버렸다.

바로 그때 진양이 달려와서 정여립을 부축한 것이다.

"그럼 정여립이 천의교 무인이란 말입니까?"

진양이 놀라서 묻자 위사령이 묵묵히 고개를 끄덕였다.

"그런 것 같았소."

누구보다 충격을 받은 사람은 바로 유설이었다. 그녀가 가
늘게 떠는 손으로 입을 막았다.

"그, 그럴 수가……!"

"미안하오. 내가 그날 복면인이 누군지 확인만 했어
도……."

위사령이 면목없는 표정으로 말하자 진양이 그를 부드럽
게 달랬다.

"선배님의 탓이 아닙니다. 너무 자책하지 마십시오. 하지

만 정여립 그자는 정말 용서할 수가 없군요."

진양은 지금까지 누군가를 죽이고 싶다는 생각을 해본 적이 없었다. 하지만 지금 처음으로 정여립을 생각하며 살심을 떠올렸다.

진양 일행은 그 길로 경석산을 올라 혈사채로 갔다. 혈사채 안으로 들어서자 먼저 소식을 들은 채주 곡전풍이 제일 아래 문까지 몸소 나와서 진양을 맞이했다.

진양 일행은 혈사전에서 융숭한 접대를 받았다. 혈사채 무인 중 누구도 진양에게 무례하게 구는 자가 없었다.

"불편한 것이 많겠지만 너그러운 마음으로 이해해 주시오."

곡전풍의 말에 진양이 손사래를 쳤다.

"그런 말씀은 감당하기가 어렵습니다. 지금도 충분히 채주님의 은혜에 감격하고 있습니다."

"허허, 그래도 잠자리와 먹을거리가 어디 목숨보다 귀하겠소?"

"은혜에는 크고 작음이 없다 했습니다. 이미 저는 채주님께 깊이 은혜를 입은 몸이 아니겠습니까?"

"허허허! 소협은 정말 이 늙은이를 부끄럽게 만드는구려."

곡전풍은 환하게 웃으며 진양 일행을 객당으로 안내했다.

진양은 목욕을 마치고 잠시 쉬다가 유설의 방으로 향했다.

"낭자, 계십니까?"

잠시 후 유설이 문을 열고 나왔다.

한데 그녀의 눈가가 촉촉하게 젖어 있는 것이 아마도 눈물을 흘렸던 모양이다. 진양은 측은한 마음이 들었지만 짐짓 모른 척하며 말했다.

"잠시 산책이라도 할까요?"

"좋아요."

유설이 대답하며 진양을 따랐다.

두 사람은 숲 속의 오솔길을 따라 한참을 걸었다. 묵묵히 길을 걷다 보니 앞에서 물소리가 들렸다.

가까이 다가가니 폭포가 흐르고 있었다. 폭포가 떨어지는 곳에는 물이 넓게 고여 있었는데, 그 위로 달빛이 교교히 떨어져 내리고 있었다. 그리고 수면에는 둥그런 파장이 끊임없이 퍼져 나갔다.

지금은 한밤중임에도 대단히 아름다운 풍경이었다.

두 사람은 폭포 옆의 커다란 바위에 나란히 앉았다.

지금 이 순간 가장 상심이 큰 사람은 바로 유설일 것이다. 진양은 그녀를 어떻게 위로해야 할지 난감했다. 그가 무슨 말을 꺼낼지 고민하고 있는데 문득 유설이 입을 열었다.

"아버지가 걱정돼요."

그 말에 진양이 얼른 정신을 차렸다.

'아, 그러고 보니 국주 어르신의 생사 여부도 모르고 있었구나. 그런데도 나는 이미 어르신께서 돌아가셨다고 단정하고 있었다. 그녀를 보기에 너무 부끄럽구나.'

사실 유인표가 죽었을 것이라고 생각하는 것은 지극히 당연하다고 봐야 했다.

하지만 유설은 차마 그런 생각까지는 할 수 없었던 것이다.

진양이 부드럽게 말했다.

"제가 내일 웅천부로 가서 국주 어르신의 소식을 한번 알아보겠습니다."

"아니에요. 괜히 저 때문에 그러시지 않아도 괜찮아요."

"아닙니다. 국주 어르신은 제게도 소중한 분입니다. 어쩌면 혹 형님도 내일 웅천부로 갈지 모르니 우리가 가서 알아보고 오지요."

유설이 진양을 돌아보았다.

그의 투명한 눈동자와 다부진 표정이 그 어느 때보다도 믿음직스럽게 보였다. 오늘처럼 힘들 때 그가 자신의 옆에 있다는 것이 너무나 다행이라는 생각이 들었다.

"양 소협, 저는 이제 양 소협밖에 의지할 사람이 없어요. 그럴 일은 없겠지만… 만약 아버지가 돌아가셨다면 전 앞으로 양 소협이 하는 일에 전적으로 따르겠어요."

진양은 갑자기 유설에게 이런 소리를 듣자 가슴이 뛰었다. 동시에 마음 깊이 감동을 받았다.

'유 낭자가 나를 이처럼 생각하니 내가 반드시 낭자를 지켜주어야겠다.'

진양은 저도 모르게 유설의 하얀 손을 꼭 마주 잡았다.

"낭자, 무슨 일이 있어도 내가 낭자만은 꼭 지켜 드리겠소."

다부진 각오를 한 탓인지, 아니면 유설의 약한 모습을 보아서인지 진양은 평소와 달리 단호한 말투로 다짐했다. 유설은 마음이 격동하여 저도 모르게 진양의 두 손을 꼭 맞잡으며 눈물을 주룩 흘렸다.

"고마워요."

두 사람은 서로에게 기댄 채 오랫동안 바위에 앉아 있었다.

다음날 진양은 흑표와 함께 응천부로 향했다. 그들은 사람들의 이목을 속이기 위해서 얼굴에 고약을 붙이기도 하고 가짜 수염을 달아서 변장을 했다.

흑표가 말을 타고 가며 진양에게 물었다.

"양 형, 만약 유 국주가 살아 계신다면 어쩔 작정이오?"

"구해야지요."

"어떻게?"

"글쎄요. 혈사채에도 도움을 구해서 계획을 세워야겠지요."

흑표가 고개를 끄덕였다. 그러다가 문득 다시 입을 열고 물었다.

"그럼 이미 돌아가셨다면?"

진양의 표정이 어두워졌다.

사실 흑표와 진양 모두 그럴 확률이 굉장히 높다고 생각하고 있었다.

진양이 담담히 대답했다.

"만약 그렇다면 산 사람은 살아야 하지 않겠습니까?"

"어찌 살아갈 작정이오?"

"나는 유 낭자를 위해서 모든 것을 헌신할 생각입니다. 만약 그녀가 복수를 하고 싶다면 복수를 해줄 것입니다."

"그녀가 복수를 원하지 않는다면?"

"그렇다면 그녀가 하고 싶은 다른 것을 할 것입니다."

그러자 흑표가 무심히 중얼거렸다.

"그녀를 사랑하나 보군."

진양이 흠칫거렸다.

사실 그렇게까지 깊이 생각해 본 적은 없었다. 아니, 자신의 감정을 분명하게 정의해 본 적이 없다는 것이 더 맞는 말이리라.

한데 흑표를 통해서 이런 말을 들으니 진양은 부인할 수 없다는 생각이 들었다.

진양이 씁쓰레 웃으며 중얼거렸다.

"그렇군요."

두 사람은 말에 박차를 가해 빠르게 응천부로 달렸다.

하루를 꼬박 달려 응천부에 도착한 두 사람은 성벽을 보고 그만 좌절할 수밖에 없었다. 남옥 대장군과 유인표의 수급(首級)이 성벽 쇠창살에 꽂힌 채로 효수(梟首)되어 있었던 것이다.

진양은 침통한 표정을 지우지 못했고, 흑표는 그 자리에서 무릎을 꿇고 엎드려 대성통곡을 했다. 진양이 눈물을 흘리며 겨우겨우 그를 달래고 나서야 흑표는 자리를 뜰 수 있었다.

두 사람은 돌아오는 동안 말 한마디도 나누지 않았다. 저마다 각자의 감정과 생각에 취해 있을 뿐이었다.

진양은 길게 한숨을 내쉬었다.

'이제 앞으로 나는 어떻게 해야 하는가? 임 어르신의 유지를 받들어 협의를 실행하고자 맹세했는데, 그것이 이처럼 어려울 줄이야 누가 알았을까? 내게 은혜를 베푼 사람조차도 지켜주지 못했는데, 도대체 어떻게 해야 많은 사람들을 이 고통에서 구할 수 있단 말인가?

어찌 보면 유설은 또 다른 자신의 모습이었다.

진양의 부모님 역시 역모 사건에 휘말려 목숨을 잃지 않았던가?

진양은 계속해서 자신과 같은 처지의 사람들이 생기는 것이 못내 괴로웠다.

두 사람은 영벽현(靈璧縣)에 이르러서 객점에 들렀다. 아침부터 아무것도 먹지 못했지만 입맛이 없어 밥 대신 술만 시켰다.

진양은 유설에게 이 소식을 어찌 전해야 할지 마음이 착잡하기 그지없었다.

흑표는 술병을 들어 나발 불더니 갑자기 검을 뽑아 들었다.

"제 주인을 지키지도 못한 놈이 살아서 무엇하겠는가?"

그러더니 갑자기 검을 거꾸로 쥐고 자신의 배를 찔러 들어갔다. 진양이 깜짝 놀라서 들고 있던 술잔을 집어 던졌다.

쨍그랑!

술잔이 산산조각나면서 깨졌고, 검이 튕겨 나갔다.

하지만 흑표는 검을 놓치지 않았다. 그가 매서운 눈초리로 진양을 쏘아보며 소리쳤다.

"무슨 짓이오?"

"흑 형님께서는 어찌 허무하게 목숨을 버리려 하십니까? 목숨을 아끼십시오."

"나는 주군을 지키지 못했소! 그런 놈이 살아서 무엇하겠소?"

"혹 형님께서는 복수를 하겠다고 하지 않았습니까?"

"복수? 흥! 세상에 천자를 상대로 복수할 사람이 있을 수나 있단 말이오?"

그가 큰 소리로 외치자 주위 사람들이 슬금슬금 눈치를 보며 일어나기 시작했다.

남옥의 역모로 인해 무수한 사람들이 죽어나가고 있는 실정이다. 한데 객점에서 웬 낯선 남자가 황제를 상대로 복수 운운하고 있으니 저마다 자리를 피하려는 것이다.

진양이 다급하게 말했다.

"제가 있지 않습니까?"

"흥! 양 형이라도 유 낭자가 복수를 원하지 않는다면 어쩔 수 없는 것이 아니겠소? 그리고 내가 볼 때 그 낭자는 양 형의 말에 따를 것이오. 그러니 양 형도 복수를 하진 않을 것이 아니겠소?"

진양은 어떻게든 흑표를 진정시키고 그가 자신의 목숨을 버리지 못하게 해야겠다고 생각했다. 그래서 일단 생각나는 대로 이야기를 꺼냈다.

"혹 형님께 말씀드리지요. 저희 부모님도 역모에 연루되어 돌아가셨습니다."

그러자 흑표가 흠칫 떨더니 물었다.

"양 형의 부모님이?"

"물론 이번 역모 사건은 아닙니다. 두 분은 십삼 년 전 호유용 사건에 연루되어 돌아가셨으니까요."

"......!"

"그리고 이번에는 제게 은혜를 베풀어주신 국주 어르신마저 돌아가셨습니다. 아마 원한으로만 따지자면 저 역시 흑 형님 못지않을 것입니다."

그 이야기를 듣자 흑표가 천천히 검을 거두었다.

"그럼 양 형은 복수를 계획하는 것이오?"

"모르겠습니다. 하지만 한 가지는 분명합니다. 저는 이러한 비극이 더 이상 일어나지 않기를 바랄 뿐입니다. 황제는 무고한 사람들을 의심해서 무작정 죽이고 있으니 민심의 성토가 하늘을 찌를 듯합니다. 나는 이런 억울한 죽음을 막고 싶습니다. 그러기 위해서는 많은 자들과 뜻을 모아서 힘을 길러야 할 것입니다. 그렇게 해서라도 위기에 처한 자들을 구하고 싶습니다. 아니, 할 수만 있다면 이러한 일이 생기지 않도록 미연에 방지할 수 있는 힘을 기르고 싶습니다. 그것이 바로 협의라고 생각합니다."

진양은 이 순간 임패각과 나누었던 대화가 떠올랐다. 어려운 자들을 위해 힘을 쓰고 선을 베푸는 것이야말로 진정한 협의가 아니겠는가?

처음에는 단순히 흑표의 죽음을 말리려고 꺼내게 된 말이 지금은 진양의 인생 지표처럼 느껴졌다. 갑자기 머릿속이 맑아지고 무엇을 향해 나아가야 할지 분명하게 보이는 듯했다.

진양이 포권을 취하며 흑표를 진중한 눈빛으로 바라보았다.

"흑 형님, 그런 의미에서 당신이 버리려는 그 목숨을 제게 주시지 않겠습니까? 저와 함께 진정한 정의를 실현하지 않으시겠습니까?"

흑표가 눈썹을 구기며 물었다.

"양 형은 문파를 세울 생각이오?"

"그것이 문파이든 학당이든 형태는 중요하지 않을 것입니다. 저와 뜻이 맞는 사람이라면 진정한 협의를 위해서 목숨을 걸고 싸울 수 있으면 그만입니다."

정의를 지키기 위해 싸우는 방법은 많다.

반드시 칼을 뽑고 악을 찌르는 것만이 전부는 아니다. 문인은 글로 싸울 수 있을 것이고 무인은 힘으로 싸울 수 있을 것이다.

어떤 형태로든 진양은 협의를 실천하는 조직을 만들고 싶었다. 처음에는 평화를 지키기 위해 어쩔 수 없이 무력을 사용해야 할지도 모른다. 하지만 종국에는 무력을 사용하지 않고도 평화를 지킬 수 있는 날이 오지 않겠는가? 그렇게만 된다면 애초에 진양이 목표한 대로 서예만 널리 가르침으로써 많은 사람들에게 참뜻을 깨우치게 할 수 있으리라.

흑표는 진양의 다부진 표정을 보고 있자니 저도 모르게 경외감이 느껴졌다. 적어도 이 순간 허무하게 목숨을 버리려는 자신보다 진양이 한참은 위에 서 있는 듯했다. 자신도 모르게 진양의 포부에 감동한 것이다.

순간 그가 무릎을 꿇으며 포권했다.

"양 형을 위해서 이 흑표가 목숨을 바치겠소!"

진양이 얼른 반례하며 그를 잡아 일으켰다.

"지나친 예는 감당할 수 없습니다. 일어나십시오. 흑 형님께서 저를 도와주시겠다니 감개무량할 따름입니다."

"양 형, 우리 이럴 것이 아니라 혈사채로 돌아갑시다. 양 형의 계획을 유 낭자에게도 알리는 것이 좋겠소. 혈사채도 양 형을 은공으로 대하니 많이 도움을 줄 것이 아니겠소. 서두릅시다."

"그러지요."

진양도 흔쾌히 대답하며 몸을 일으켰다.

어차피 이곳에 언제 관병이 들이닥칠지 모르기에 오래 머물 수도 없었다. 진양은 은자를 계산대 위에 던져 두고는 말을 타고 곧장 혈사채로 향했다.

두 사람이 경석산 아래에 다다랐을 때였다. 그들이 언덕을 내려가려는데 먼발치에서 한 무리의 인파가 산에서 내려와 서쪽을 바라보고 달려가고 있었다. 대략 서른 명 정도의 인원이었는데, 마차 하나를 호위하며 달리는 모습이 저마다 날렵하고 무공이 상당한 수준인 듯 보였다.

진양이 말을 세우고 흑표에게 물었다.

"흑 형님, 저들은 누구일까요? 내려온 길을 보니 혈사채에서 나오는 것 같지 않습니까?"

"흠. 무공이 제법 수준급인 듯하오. 혈사채를 찾아온 손님일지도 모르겠소."

"혹시 역모 사건과 관련해서 무림에 무슨 일이 생긴 것은 아닐까요?"

"한번 저들을 불러서 물어나 봅시다."

두 사람은 곧장 말을 달려 그 무인들을 뒤쫓아 갔다. 대략 삼 리 정도를 달려가니 소리치면 목소리가 들릴 만큼 거리가 가까워졌다.

진양이 고함쳐 불렀다.

"보시오! 멈춰주시오!"

그러자 그 무리가 뒤를 힐끔 돌아보더니 예닐곱 명이 말을 돌려 세웠다. 하지만 나머지 무인들은 여전히 마차를 호위한 채 제 갈 길만을 고집했다. 아니, 오히려 아까보다 더욱 빨리 달리는 듯했다.

진양과 흑표가 가만 보니 여간 수상쩍은 것이 아니었다. 두 사람이 달려가자 앞서 말을 돌려 세운 예닐곱 명의 무인들이 살벌한 눈초리로 노려보았다.

"뭐냐?"

진양은 초면에 무례한 말을 던져 오는 이들을 보고 슬쩍 눈썹을 구겼지만 크게 내색하지는 않고 물었다

"여러분은 어디에서 오시는 길이오?"

그러자 앞서 말한 무인이 날카로운 눈초리로 진양과 흑표를 훑어보며 물었다.

"너희들은 누구냐?"

거듭된 무례함에 흑표가 참지 못하고 소리쳤다.

"정중히 묻는 말에 어찌 묻는 말로 대답한단 말인가? 그대는 강호의 예절도 모른단 말인가?"

"흥! 묻는 말로 따지면 내가 먼저 물었다. 당신들 정체가 뭐지?"

진양은 이들이 극도로 경계한다는 사실을 느끼고 한 가지 깨닫는 바가 있었다.

'어쩌면 이들은 우리가 황궁의 무인일까 봐 경계하는 것인지도 모르겠다. 시기가 시기인만큼 예민할 수도 있겠지. 이들은 혈사채의 손님인 듯하니 무례하게 굴지 말자.'

마음을 굳힌 진양이 미소를 띠며 말했다.

"우리는 혈사채에 잠시 몸을 의탁하고 있는 자들이오. 여러분은 혈사채를 찾아오신 손님입니까?"

그러자 상대가 코웃음을 쳤다.

"너희가 알 것 없다."

그러더니 동료들을 향해 소리쳤다.

"그만 가자!"

그들이 막 말머리를 돌리는데 흑표가 그 앞으로 달려나가 길을 막았다.

"아무래도 수상하군! 네놈들, 정체가 뭐냐?"

"알 것 없다고 하지 않았나?"

"그럼 억지로라도 알아내야겠다."

그러자 상대의 표정이 일그러지더니 버럭 고함을 내질렀다.

"쳐라!"

그 순간 무인들이 일제히 몸을 날려 흑표를 덮쳐 갔다. 그들의 몸놀림이 매우 신속하고 민첩해서 흑표는 말에서 얼른 뛰어내려 피할 수밖에 없었다.

"엇! 형님!"

진양이 깜짝 놀라며 수호필을 꺼내 들었다. 그가 몸을 훌쩍 날려서 적들을 향해 휘두르니 수호필을 막은 자들이 저마다 큰 소리를 지르며 뒤로 튕겨 나갔다. 흑표 역시 검을 꺼내 들고 곧바로 응수했다.

두 사람의 무공이 뜻밖에도 고강하니 무인들의 표정에 동요하는 기색이 역력했다. 그들은 슬금슬금 눈치를 보는가 싶더니 이내 몸을 돌려 달아나기 시작했다.

진양과 흑표로서는 도무지 모를 일이었다. 물론 추격하면 못할 것도 없었지만 굳이 그래야 할 이유도 없었다. 그들은 갑자기 적들이 달아나니 허탈한 마음이 들면서 동시에 의문이 생겼다.

"도대체 저들은 누구일까요?"

"모르겠소. 하지만 혈사채를 찾아온 손님은 아닌 듯싶소."

"하긴, 혈사채를 찾아온 손님이라면 우리에게 이렇듯 무례하게 굴 이유가 없겠죠. 아, 가만!"

진양이 고개를 돌려 흑표를 바라보았다.

그 순간 흑표의 머릿속에도 같은 생각이 떠올랐다.

'혹시 저들은 혈사채를 습격하고 달아나는 천의교 무인이 아닐까?'

하지만 그렇게 단정하기에는 이상한 점이 한둘이 아니었다.

문파를 습격하는데 누가 마차를 타고 온단 말인가?

진양이 얼른 말했다.

"아무래도 저들을 쫓아가기보단 혈사채로 먼저 돌아가 보는 것이 좋겠습니다!"

두 사람은 말에 올라타고 곧바로 산을 올라 혈사채로 갔다.

두 사람이 혈사채에 도착하자 위사령이 얼른 달려와서 맞이했다. 진양은 그들의 안색이 좋지 않은 것을 보고 다그쳐 물었다.

"혹시 무슨 일이 생겼습니까?"

"문제가 생겼소, 양 소협."

"무슨 일입니까?"

"천상련이… 그놈들이 유 낭자를 데리고 갔소."

"뭐라구요?"

"이 일을 어쩌면 좋겠소? 그들이 왜 유 낭자를 데려갔는지 모르겠소."

진양은 도대체 어찌 된 영문인지 알 수 없었다.

"혹시 그들이 마차를 타고 돌아갔습니까?"

"그건 모르겠소. 어쩌면 마차를 산 아래에 대기시켜 놓고 있었는지도 모르겠군. 혹시 수상한 자들을 보았소?"

"혈사채로 돌아오던 길에 우연히 본 무리가 있습니다. 하지만 그들의 정체를 알 수가 없어 바로 혈사채로 오는 길입니다. 대략 서른 명 정도 되어 보이더군요."

"이런! 그 마차에 바로 유 낭자가 타고 있을 거요. 우선 혈사전으로 갑시다. 대책을 세워야 하지 않겠소?"

진양과 흑표는 위사령을 따라 혈사전으로 갔다. 그곳에는 조전이 중상을 입고 쓰러져 있었는데, 곡전풍이 내공을 불어넣어 그를 치료하고 있었다.

진양이 놀라서 다가가 물었다.

"도대체 이게 어떻게 된 겁니까?"

"양 소협, 모든 것이 제 불찰입니다. 용서해 주십시오."

"그게 무슨 말씀입니까?"

조전이 그간 있었던 사정을 이야기했다.

천상련의 무인들이 혈사채를 찾아온 것은 정오쯤이었다. 그때 혈사채에는 조전이 남아 있었고, 곡전풍과 위사령은 산을 내려가서 볼일을 보는 중이었다.

조전은 수하로부터 천상련의 손님이 찾아왔다는 소식을 듣고 얼른 문전까지 마중을 나갔다.

"천상련의 창천부당주 곽연이오."

"본채의 좌검부장 조전이오. 곽 부당주께선 무슨 일로 이곳까지 오셨소?"

곽연이 웃으며 대답했다.

"이곳에 금룡표국의 유 낭자가 와 있지 않소?"

"그렇소만."

"유 낭자에게 전할 말이 있어서 왔소이다."

조전은 내심 이상한 생각이 들었다. 그가 날카로운 눈초리로 훑어보니 곽연을 따라온 수하들은 모두 무공 실력이 제법 높은 듯했다. 단지 전할 말이 있어서 온 사람치고는 그 수하들에게서 느껴지는 기운이 몹시 날카로웠던 것이다.

조전이 짐짓 아무것도 모른 척 웃으며 답했다.

"그럼 따라오시오."

조전은 그들을 혈사채에서 가장 낮은 곳에 위치한 전각으로 데려갔다.

"여기서 잠시 기다려 주시오."

그런 뒤 조전은 수하들을 불러 곽연 일행을 감시하게 한 후 유설을 찾아갔다. 유설은 잠시 머뭇거리다가 몸소 곽연이 있는 전각까지 내려왔다.

"곽 부당주께서 제게 하실 말씀이 있다고요."

"그렇소, 낭자. 이번 사건으로 마음고생이 많으시지요?"

"제게 하실 말씀이 뭔가요?"

유설의 냉랭한 반응에 곽연은 잠시 눈썹을 찌푸렸다가 곧 웃는 얼굴로 말했다.

"낭자께 전해 드릴 좋은 소식이 있습니다."

"좋은 소식이요? 뭐죠?"

아니나 다를까, 유설의 표정이 흔들렸다.

곽연이 내심 사악한 웃음을 띠며 말했다.

"유 국주님이 살아 계십니다."

"아! 아버지가요?"

"그렇습니다. 저희 천상련이 유 국주님을 모시고 있습니다."

그 말에 유설은 다리에 힘이 풀려 비틀거렸다. 얼른 그녀를 부축해 주는 조전 역시 내심 깜짝 놀랐다.

유설은 아버지에 대한 이야기가 나오자 저도 모르게 울컥 감정이 복받쳤다.

"아, 아버지가 살아 계시다니……."

그녀가 눈물을 흘리며 두 손을 꼭 모아 잡았다.

하지만 조전은 영 찜찜한 기분을 지울 수가 없었다. 자신이 진양을 구하기 위해 금룡표국을 찾아갔을 때만 해도 유인표는 행방이 묘연한 상태였다. 물론 천상련 무인들도 전혀 볼 수 없었다. 그런데 어느 틈에 천상련에서 유인표를 구했단 말인가?

반면 유설은 지금 지푸라기만 한 희망만 있어도 그것을 잡고 싶은 심정이었다. 세상에 어떤 딸이 이런 상황에서 자신의 아버지가 돌아가셨을 거라고 단정하고 의심부터 하겠는가?

곽연은 그러한 약점을 교묘하게 이용한 것이다.

그때 조전이 고개를 갸웃거리며 물었다

"이상하군. 우리가 갔을 때는 이미 금룡표국이 멸문을 당하고 유 국주님의 행방을 알 도리가 없었소. 천상련에서는 언제 움직인 거요?"

"우리는 사건이 벌어지던 날 천만다행히도 응천부에 있었소. 그때 유 국주님이 위기에 처한 것을 알고 돕게 된 것이오."

"흐음."

조전은 그저 침음을 흘리며 생각에 잠길 수밖에 없었다. 조전이 사건 당일 날의 정황을 꼬치꼬치 캐묻자 뜻밖에도 곽연은 막힘없이 그날의 상황을 술술 이야기로 풀어냈다. 조전은 몰랐지만 사실 곽연은 진양의 정체를 밝히기 위해 수하로부터 계속 금룡표국 근처에서 감시를 하게 했었다. 때문에 멸문당하던 날의 상황을 직접 본 것처럼 이야기할 수 있었던 것이다.

곽연이 유설을 돌아보며 말했다.

"해서 오늘은 이렇게 유 낭자를 모시러 왔소. 우리와 함께 갑시다. 국주 어르신께서 낭자를 몹시 보고 싶어하시오."

"아버지는 건강하신가요?"

곽연의 표정이 조금 어두워졌다.

"중상을 입으셨소. 하지만 천상련에서 최선을 다하고 있으니 곧 쾌차하실 거라고 생각하오."

유설은 고개를 끄덕였다.

'하긴 아버지는 그날 이미 부상을 입고 계셨으니까.'

그때 조전이 유설에게 다가와 귓속말로 전했다.

"아가씨, 양 소협이 사정을 알아보러 응천부로 갔으니 기다렸다가 그분이 오시면 함께 움직이시는 것이 좋을 듯합니다."

유설이 생각해 보니 그의 말도 일리가 있었다.

하지만 이미 아버지에 대한 소식을 들은 그녀의 마음은 벌써 천상련으로 달려가는 중이었다.

이때쯤 곽연은 금룡표국을 감시하던 수하로부터 양가명이라는 자가 실제로는 어리다는 말을 전해 들은 후였다. 하지만 그가 직접 본 것은 아니었기에 진양의 정체를 완전히 파악하진 못한 상태였다.

그는 유설이 머뭇거리는 것을 보고 말을 덧붙였다.

"유 낭자, 이런 말씀… 전해 드리고 싶지 않았소만, 머뭇거릴 시간이 없소. 사실 유 국주님의 건강 상태는 매우 좋지 않소. 물론 우리 천상련이 최선을 다하는 만큼 건강은 회복하실 거라고 믿소. 하지만 만분의 하나를 생각해서라도 서둘러 함께 가보셨으면 하오. 물론 그럴 일은 없겠지만… 낭자께서 시간을 지체하면 혹시라도… 흠, 아니오. 그럴 일은 없겠지."

곽연이 입을 다물어 버리자 유설의 마음은 더욱 초조해졌다. 곽연이 이해할 수 없다는 듯 물었다.

"도대체 뭘 망설이시오?"

"기다리는 사람이 있어요."

"누구……? 아! 양가명이라는 그분을 말씀하시는 거요?"

유설이 고개를 끄덕이자 곽연이 답답하다는 듯 말했다.

"지금 양 형은 어디에 계시오?"

"웅천부에 아버지 소식을 듣기 위해 가셨어요."

"그럼 조 형께서 양 형이 돌아오면 천상련으로 찾아오라 전해주시오. 그리고 낭자는 우리와 함께 한발 앞서 돌아갑시다."

이윽고 유설이 고개를 끄덕였다.

"알겠어요. 함께 가도록 하죠. 조 부장님, 그가 찾아오면 천상련으로 오라고 전해주세요."

조전은 유설을 잡고 싶었지만 마땅한 방법이 없었다. 게다가 곽연의 말이 정말이라면 잡아서는 안 되는 것이 아닌가?

결국 그가 고개를 끄덕였다.

"알겠습니다, 아가씨. 부디 몸조심하십시오."

"감사해요."

그렇게 해서 유설은 곽연을 따라 산을 내려갔다.

"그런데 조 부장님께선 어쩌다가 검상을 당하신 겁니까?"

이야기를 듣던 진양이 물었다.

조전은 잠시 호흡을 조절하더니 말을 이었다.

"그들이 가고 나서 나는 혼자 남아서 고민을 해보았소. 한데 아무래도 마음이 편치가 않았소. 그래서 그들을 쫓아가서 좀 더 자세한 것을 물어봐야겠다고 생각했소."

"그래서 어떻게 됐습니까?"

"나는 곧장 그들을 뒤쫓아 내려갔소."

조전이 경공을 펼쳐 앞서 출발한 천상련의 무인들을 정신없이 뒤쫓자 산 중턱을 지날 즈음에 저 아래에 내려가고 있는 그들이 보였다.

"곽 부당주! 잠시 기다려 주시오!"

조전이 소리쳐 불렀지만 곽연은 멈출 생각을 하지 않았다. 오히려 그들은 더욱 빠른 걸음으로 산을 내려가기만 했다.

그때 유설이 곽연에게 뭐라고 말을 하는 것 같았다. 그 순간 곽연이 번개처럼 손을 내찌르더니 유설의 혈도를 짚는 것이 아닌가? 유설이 쓰러지자 수하 한 명이 그녀를 업고 내려가기 시작했다.

깜짝 놀란 조전이 그 뒤를 바짝 추격했다.

"무슨 짓이냐!"

그때였다. 조전은 등 뒤가 서늘해지는 것을 느끼고 급히 몸을 돌렸다. 하지만 이미 매복해 있던 무인은 그의 가슴에 검을 깊숙이 찔러 넣은 뒤였다.

"엇?"

조전은 두 눈을 부릅뜨고 자신의 가슴을 찌른 검날을 꽉 움켜잡았다. 가슴과 손바닥에서 진득한 피가 배어 나왔다. 상대가 검을 쑥 뽑아내자 조전은 그대로 바닥에 쓰러질 수밖에 없었다.

조전은 쓰러진 채로 산 아래로 사라지는 천상련 무인들을 그저 바라볼 수밖에 없었다.

그들이 완전히 사라지고 나서 조전은 의식을 잃었다가 되찾기를 반복했다. 그리고 더는 참지 못하고 의식의 끈을 완전히 놓으려고 할 때, 마침 익숙한 목소리가 귀에 닿았다.

"조 부장! 조 부장! 이게 어떻게 된 건가? 무슨 일인가?"

그 목소리는 바로 위사령이었다.

조전은 눈을 떠 그를 보려고 했지만, 몸에는 한 줄기의 힘도 남지 않았다. 위사령의 고함 소리도 점점 희미해지고 있었다.

그는 의식을 잃기 전에 마지막으로 곡전풍의 목소리를 들었다.

"사령아, 일단 전이를 산채로 옮겨라."

진양이 주먹을 꾹 말아 쥐었다.

그의 주먹이 분노로 바들바들 떨고 있었다. 지금껏 그가 이렇게 화난 모습을 다른 사람들은 본 적이 없을 정도였다.

"일이 그렇게 된 것이군요."

곡전풍이 조전의 가슴을 동여맨 하얀 천을 어루만지며 말했다.

"천만다행히 급소를 비켜 찔렀소. 아니, 조 부장이 얼른 몸을 돌리지 않았더라면 틀림없이 폐가 관통해서 그 자리에서 죽었을 거요."

조전이 다시 침통한 표정으로 사과했다.

"양 소협, 죄송합니다. 제가… 제가 아가씨를 지켜 드리지 못했습니다. 모든 것이 제 불찰입니다."

진양이 고개를 저었다.

"조 부장님이 사과하실 일이 아닙니다. 아무쪼록 부담을 덜어내시고 건강을 챙기셔야 합니다."

조전은 진양의 넓은 마음에 더욱 감격했다. 그가 한숨을 내쉬고 말했다.

"한 가지 도무지 이해가 안 되는 것이 있습니다. 천상련에서 왜 거짓말을 해가면서까지 아가씨를 데려갔을까요?"

"아마도 이건 천상련의 뜻이 아닐 겁니다."

"천상련의 뜻이 아니라니요? 그럼 다른 문파라는 말씀입니까?"

"아닙니다. 그는 분명 곽연이 맞을 겁니다. 하지만 그가 천상련을 대표해서 온 것이라기보다는 개인적인 사심으로 이곳을 찾아왔을 겁니다."

모두가 진양을 돌아보았다.

진양은 대략의 사정을 설명해 주었다. 곽연이 오래전부터 유설을 마음에 두고 있었다는 것과 표국에서 연회가 벌어지던 날 어떤 일이 있었는지.

물론 연서에 대한 내용을 언급하지는 않았다.

이야기를 모두 들은 위사령이 제 허벅지를 내려쳤다.

"그렇군! 그렇게 된 거군! 이 더러운 곽가 놈이 감히 유 낭자에게 흑심을 품고 있었다니! 그것도 모자라서 이제는 부정을 이용해서 아가씨를 납치해? 에잇, 퉤!"

실컷 성질을 부린 위사령이 진양을 돌아보았다.

"이제 어떻게 하실 생각이시오, 양 소협?"

진양은 지금 그 어느 때보다도 화가 나 있었다. 여러 차례 좋지 않은 일이 겹친 데다 유설까지 곽연에게 납치를 당하자 참을 수 없는 분노를 느꼈다.

그가 평소와 달리 이글거리는 눈빛으로 곡전풍을 보았다.

"채주님, 저를 좀 도와주셨으면 합니다."

곡전풍이 빙그레 웃었다.

"이미 혈사채는 그대를 위해 무엇이든 하겠노라 약속을 했소. 말씀만 하시오."

"천상련을 찾아갈 것입니다. 실력있는 무인들이 필요합니다."

"얼마면 되겠소?"

"서른 명이면 되겠습니다. 대신 최정예 인원으로 부탁드립니다."

곡전풍을 비롯한 사람들 모두가 진양을 쳐다보았다. 진양은 처음부터 지금까지 전혀 표정의 변화가 없었다.

한참 후 곡전풍이 껄껄 웃었다.

"내 양 소협을 알고 나서 오늘처럼 패기가 짙은 적을 본 적이 없소. 좋소이다. 우리 혈사채는 이미 한 번 멸문했다가 다시 일어난 것이나 마찬가지! 혈사채의 운명을 양 소협께 걸어 보겠소!"

"감사합니다, 곡 채주님!"

진양이 양손을 맞잡고 고개 숙이며 사례했다.

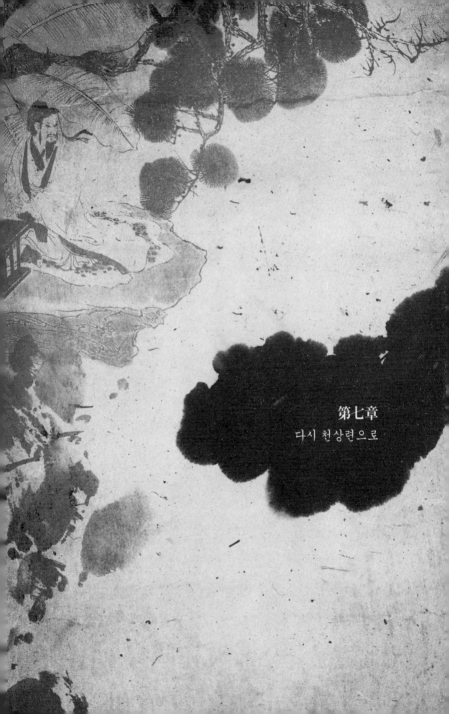

第七章
다시 천상련으로

진양과 흑표, 위사령은 천중산 아래의 마을에 도착했다. 이들은 저마다 변장을 하고, 서른 명의 혈사채 무인들은 상인의 모습으로 꾸몄다. 때문에 누가 보더라도 이들 일행은 상단으로 보였다.

그들이 마을에서 가장 큰 객점에 들어서자 점소이가 신바람이 나서 달려왔다. 진양 일행은 우선 방을 배정받고 여정을 풀었다. 그리고 세 사람은 알층으로 내려와 이야기를 나누었다.

점소이가 다가와서 물었다.

"헤헤, 규모가 큰 상단이네요. 나리들은 어딜 가시는 길인 지요?"

"허창(許昌)으로 가는 길일세."

위사령이 천연덕스럽게 대꾸했다.

그러자 점소이가 주위를 한 번 둘러보더니 귓속말을 하는 시늉을 하며 말했다.

"그럼 가급적 천중산을 멀리 돌아가시는 것이 좋겠습니다 요."

"그건 왜 그런가?"

"천중산에 누가 있는지는 당연히 알고 계시겠지요?"

"천상련을 말하는 건가?"

"예, 예. 그렇습지요. 한데 오늘 오전에 무인들 한 무리가 천상련으로 올라갔습지요."

"무인들이? 그들은 누군가?"

점소이가 목소리를 더욱 낮추며 대꾸했다.

"소문에 의하면 그들은 화산파와 종남파라고 합디다."

"화산파와 종남파? 그들이 왜 천상련을 찾아간단 말인가? 괜한 헛소문이 아닌가?"

"아닙니다요. 제 정보통이 나름대로 정확하거든요. 듣기로 는 화산파가 천상련에 따질 것이 있어서 찾아온 것 같습니다 요. 기세가 아주 흉흉하더라고 하더군요."

위사령은 진양과 흑표를 번갈아 보았다.

그들 역시 고개를 갸웃거리기만 할 뿐 어찌 된 영문인지 알수가 없었다.

다만 화산파와 종남파는 최근 동맹을 맺었으니 함께 움직일 소지는 충분히 있었다.

진양이 나서서 물었다.

"하나 물어봅시다. 그 화산파가 천상련에 따질 것이 뭐라고 하던가요?"

"헤헤, 손님도 무림 이야기에 흥미가 많으신가 봅니다."

점소이가 히죽 웃자 위사령이 눈살을 찌푸리며 다그쳤다.

"거 쓸데없는 소리 말고 이야기나 들어보세."

"헤헤, 아무렴요. 이런 이야깃거리라도 들어야 묵어가는 맛이 있는 것 아니겠습니까요? 제가 듣기론 화산파의 무공 비급을 천상련이 가지고 있는데 그걸 놓고 서로 신경전이 벌어진 것 같더라구요."

그제야 세 사람은 대충의 이야기를 짐작한 듯 고개를 끄덕였다. 화산파의 무공 비급인 칠절매화검이 천상련의 천보각에 있다는 사실은 많은 무인들이 공공연한 비밀로 여기고 있었다.

한데 그게 드디어 터진 것이다.

물론 지금까지 화산파는 지속적으로 칠절매화검을 되찾으

려고 갖가지 방법으로 노력해 왔다. 어르고 달래도 보았고 위협하고 협박도 해왔다.

하지만 이렇듯 직접 찾아와서 따지는 일은 없었다. 그만큼 천상련의 위세가 막강했기 때문이다.

한데 갑자기 무슨 바람이 불어 화산파가 직접 천중산까지 찾아왔단 말인가? 게다가 종남파까지 이끌고 왔다면 제대로 한번 붙어보겠다는 말이 아닌가.

진양이 물었다.

"대충 몇 명이나 천중산으로 갔소?"

"글쎄요. 오륙십 명은 된다고 했습지요."

세 사람 모두 놀란 표정으로 서로를 번갈아 보았다.

그렇다면 정말 화산파는 마음먹고 왔다고 봐야 할 것이다.

점소이는 그러고 나서도 한참 동안 떠들다가 물러갔다. 뜻하지 않은 정보에 진양 일행은 머리를 맞대고 고민했다.

"생각지 못한 장애물이 생겨 버렸군."

위사령의 말에 진양이 천천히 고개를 저었다.

"아닙니다. 어쩌면 이 혼란을 틈타서 유 낭자를 데려올 수 있을지도 모릅니다."

"흠, 그럴지도 모르겠군."

"하지만 더 신중해야 한다는 것만은 분명합니다. 우선은 오늘 밤 제가 먼저 올라가서 정황을 보고 오겠습니다."

그러자 흑표가 고개를 저었다.

"양 형 혼자서는 위험하오. 함께 갑시다."

"하지만 만약을 대비해서 한 분은 여기 남아서 다른 이들을 통솔해야지요."

그러자 흑표가 위사령을 보았다.

"위 형이 남으시오. 혈사채 무인들이니 아무래도 나보단 위 형이 남는 것이 좋겠소."

"알겠소."

위사령이 고개를 끄덕였다.

진양이 자리에서 일어나며 말했다.

"좋습니다. 그럼 오늘 밤 흑 형님과 제가 천중산을 살펴보고 오겠습니다. 혹시 가능하다면 유 낭자를 데려오도록 해보지요."

"하지만 무리는 하지 마시오, 양 소협."

"알겠습니다."

그날 밤 이경이 막 지날 때쯤 진양과 흑표는 천중산을 올랐다. 두 사람의 움직임은 몹시 은밀하고 민첩했다.

진양은 어렸을 때 오랜 기간 천상련에서 머물렀기에 천상련 내의 지리나 방비에 대해서 굉장히 세세히 알고 있었다. 때문에 두 사람은 천상련의 외벽을 어렵지 않게 넘어갈 수 있었다.

그들은 어둠 속에 몸을 숨긴 채 건물 지붕을 타고 날렵하게 이동했다.

과연 화산파와 종남파가 방문해서인지 넓은 객당은 밤이 깊었는데도 불이 꺼지지 않고 있었다.

진양은 파수를 서는 무인들의 이목을 피해서 이리저리 움직이다가 마침내 창천당 맞은편 건물의 지붕까지 옮겨갈 수 있었다.

진양과 흑표는 경공을 펼쳐 창천당 지붕으로 이동한 뒤에 처마 아래로 조금씩 접근했다. 마침 살짝 열린 창문 틈으로 성난 고함 소리가 불쑥 튀어나왔다.

"자네는 도대체 정신이 있는 건가, 없는 건가?"

"죄송합니다!"

"지금 때가 어느 때인데 한낱 욕정을 다스리지 못해서 사사로이 수하들을 움직인단 말인가?"

진양이 숨을 죽이고 안을 들여다보니 왕자헌이 곽연을 앞에 세워두고 질책하고 있었다. 아마도 곽연이 유설을 데려온 것에 대해서 나무라는 모양이었다.

왕자헌이 한숨을 내쉬더니 물었다.

"그래서 그녀는 어찌했나?"

"지금 청운루(靑雲樓)에 있습니다."

"참 잘하는 짓이군, 잘하는 짓이야! 화산파와 종남파가 몰려든 이 시점에 금룡표국 유 국주의 여식을 잡아 가두다니! 만약 이 이야기가 두 정파 놈들의 귀에 들어가기라도 하면 그들이 가만있을 것 같은가?"

"철저히 감시하고 있습니다. 염려하지 마십시오."

"지금 걱정을 안 하게 생겼는가! 언제 터질지도 모를 폭탄이 집안에 들어앉아 있는데! 자네 정말 풍 각주처럼 천중옥에 갇혀봐야 정신을 차리겠는가?"

그러자 곽연의 표정이 하얗게 질려 아무런 대꾸도 하지 못했다.

순간 엿듣고 있던 진양은 몸을 흠칫 떨었다.

'풍 각주님이 천중옥에 갇혀 계신다고? 도대체 그분이 왜 천중옥에 갇힌단 말인가?'

그때 왕자헌의 목소리가 다시 이어졌다.

"이왕 이렇게 된 것, 그 여자가 절대로 천상련을 벗어나면 안 되네. 그 여자의 마음을 사로잡든지 아니면 죽이게."

"알겠습니다."

곽연이 고개 숙이며 대답했다.

왕자헌은 한차례 길게 한숨을 내쉬고는 곽연을 못마땅한 눈초리로 한참이나 노려보았다. 그가 손을 휘휘 저으며 말했다.

"그만 가보게."

곽연은 창천당에서 나온 후 곧바로 청운루로 향했다. 청운루는 까마득한 벼랑 끝에 세워진 건물이었는데, 그곳은 들어가는 문만 지키면 빠져나올 방법이 없는 곳이었다.

곽연이 청운루 안으로 들어가자 유설이 창문을 열고 너른 창공을 하염없이 바라보고 있었다. 그녀는 넋을 빼놓고 있는지 곽연이 들어선 줄도 모르는 듯했다.

곽연은 그녀의 뒷모습만 봐도 마음이 떨렸다. 그는 비록 간사하고 비열한 면이 있긴 하지만 유설을 대하는 마음만큼은 진심이었다.

곽연이 막 그녀를 부르려는데, 창밖을 보던 유설이 갑자기 몸을 불쑥 내미는 것이 아닌가? 처음에는 창밖을 자세히 보려는 것이라고 생각했는데 가만 보니 유설은 그대로 몸을 던지려는 것 같았다.

깜짝 놀란 곽연이 얼른 소리치며 달려갔다.

"유 낭자!"

그가 순식간에 유설의 허리를 껴안으며 뒤로 물러섰다. 결국 유설은 창밖으로 몸을 던지지 못하고 그에게 끌려 나올 수밖에 없었다.

"이것 놓으세요!"

"유 낭자! 어찌 그리 허무하게 목숨을 버리려고 하시오!"

순간 유설이 손바닥으로 곽연의 뺨을 후려쳤다.

짜악!

"당신이 내게 그런 말을 할 자격이나 있나요?"

"유 낭자, 난… 난 정말 당신을……."

"닥쳐요! 난 당신에게 몸을 빼앗길 바에 죽어버리겠어요!"

곽연은 유설의 이야기를 들으면서 은근히 부아가 치밀었다.

"도대체 나의 어디가 그리 싫은 것이오?"

"처음에는 하나가 싫었지요. 그런데 지금은 당신의 모든 것이 싫어요!"

곽연은 그녀에게서 이처럼 절망적인 소리를 듣게 되자 더욱 화가 치밀었다.

그가 유설의 손목을 콱 움켜잡으며 소리쳤다.

"흥! 당신이 죽음에서조차 자유로울 수 있을 것 같소? 난 당신을 죽도록 놔두지 않을 것이오!"

"이 악마 같은 인간!"

유설이 다시 손을 후려쳤다. 하지만 그녀의 가녀린 손은 곽연의 다른 손에 또 붙잡히고 말았다.

곽연이 이를 악다물더니 부들부들 떨었다. 잠시 후 그가 지독한 애증이 서린 목소리로 말했다.

"잘 들으시오. 나는 한번 한다면 하는 놈이오. 그대가 나를 받아들이지 않는다고 해도 상관없소. 하지만 나는 그대를 품을 것이오. 그리고 내 곁에 평생 둘 것이오."

"그딴 게 사랑이라고… 헛!"

유설은 소리치다 말고 헛바람을 삼키며 그대로 굳어버렸다. 어느새 곽연이 그녀의 혈도를 찍어버린 것이다.

곽연이 유설의 턱을 움켜잡으며 말했다.

"이제 당신 의견은 듣지 않겠어. 그런 눈으로 날 보지도 마."

곽연은 다시 한 번 손을 뻗어내더니 유설의 혼혈을 짚었다. 순간 유설은 온몸이 허물어지듯 그대로 주저앉으며 의식을 잃고 말았다.

곽연은 그런 유설을 한참 동안 내려다보다가 걸음을 돌렸다. 그가 청운루를 나서며 무인들을 향해 명했다.

"청운루의 창문을 모두 막아버려라! 그리고 여자가 허튼짓을 할 수 없도록 사지를 묶어둬라!"

"알겠습니다!"

두 명의 무인이 청운루 안으로 들어갔고, 곽연은 성큼성큼 걸어 사라졌다.

곽연이 멀어져 가는 모습을 청운루 지붕 위에서 두 사람이 지켜보고 있었다. 그들은 바로 진양과 흑표였다.

"무리하게 움직이는 것보다 화산파와 종남파를 이용하는 것이 어떻겠소?"

"어떻게요?"

"화산파와 종남파는 그래도 명문 정파가 아니겠소? 내일 아침 당당하게 천상련을 찾아와 화산파와 종남파가 있는 곳에서 말을 하는 거요. 유 낭자가 이곳에 인질로 잡혀 있다고. 그렇다면 천상련이 그들 두 문파를 의식해서라도 유 낭자를 순순히 내어줄 수도 있지 않겠소? 내 보기에 유 낭자에게 집착하는 것은 곽연 혼자인 것 같은데, 천상련이 여인 한 명 때문에 모든 정파를 상대로 전쟁을 할 것 같지는 않소."

하지만 진양이 고개를 저었다.

"그 방법은 분명히 좋습니다만, 지금은 사용할 수가 없습니다."

"그건 왜 그렇소?"

"화산파가 요구하는 칠절매화검은… 사실 제가 가지고 있습니다."

흑표가 뜨악한 표정으로 진양을 돌아보았다.

"지금 뭐라고 했소?"

"칠절매화검은 제가 보유하고 있습니다. 일전에 저는 천상련에서 지낸 적이 있습니다. 그때 제가 천상련에서 훔쳐 나왔습니다. 처음에는 화산파를 찾아가 돌려주겠다고 생각했던 것이⋯⋯."

진양이 품에서 칠절매화검을 슬쩍 꺼내 보여주었다. 흑표는 한동안 너무 놀라 아무런 말도 하지 못했다. 그가 한참이나 지난 후에야 입을 열었다.

"흐음, 일이 꼬였구려."

"그렇습니다. 자세한 사정은 나중에 따로 말씀드리지요. 만약 지금 나서서 화산파에게 무공 비급을 전해주었을 때, 물론 일이 잘 풀린다면 다행이지만 자칫하다간 화산파와 종남파, 그리고 천상련 세 단체의 적이 될 수도 있습니다. 상황이 애매하게 됐습니다."

"그럼 어쩌시겠소?"

흑표의 질문에 진양이 굳은 표정으로 말했다.

"쇠뿔도 단김에 빼야지요."

"하긴, 지금과 같은 경우라면 오히려 은밀히 처리하는 것이 좋을지도. 그럼 갑시다."

다음 순간 두 사람은 지붕 아래로 몸을 날렸다.

청운루 문을 지키던 두 명의 무인은 등골이 서늘해지는 것을 느꼈다.

순간 두 무인은 무언가 잘못됐다는 것을 직감했다. 곽연의 명을 받아 실내로 들어갔던 동료들이 벌써 나올 리가 없었다.

그 순간 검 하나가 불쑥 튀어나오더니 왼쪽에 선 무인의 목을 단숨에 그었다.

사악!

"컥!"

한 명의 무인이 울컥 피를 토하며 쓰러졌다.

왼쪽의 무인이 소스라치게 놀라며 고함을 지르려고 했지만, 그 역시 마른침을 꿀꺽 삼킬 뿐 어떤 행동도 취하지 못했다. 그의 등에는 뾰족한 무언가가 요혈을 노리고 있었던 것이다.

바로 진양의 수호필이었다. 공력으로 인해 칼날처럼 빳빳하게 곤두선 은잠사 붓털이 척추의 요혈을 겨냥하고 있었던 것이다.

"살, 살려… 컥!"

무인은 말을 마저 잇지 못하고 쓰러졌다.

진양의 수호필이 그의 혼혈을 찌른 것이다. 목이 베여 죽은 무인에 비하자면 운이 좋은 셈이라고 할 수 있었다.

진양과 흑표는 서로 바라보며 고개를 끄덕인 후 곧장 문을 열고 실내로 들어갔다.

마침 이제 막 유설의 몸을 밧줄로 묶으려던 두 무인이 흠칫 떨며 돌아보았다.

"누구……!"

쉬쉬잇! 쉬이잇!

무인 둘이 입을 떼자마자 진양과 흑표가 바람처럼 움직였다. 흑표의 반수검은 이번에도 여지없이 상대의 심장을 꿰뚫어 목숨을 끊어놓았지만 진양의 수호필은 아까와 마찬가지로 상대의 요혈을 찔러 기절시켰다.

이를 본 흑표가 쓴쓰레 웃으며 말했다.

"양 형은 어지간해서는 살생을 하지 않는구려."

"굳이 필요성을 느끼지 못해서 그랬습니다."

진양이 빙그레 웃으며 대답하고는 유설을 묶은 밧줄을 풀었다.

하지만 이미 혼혈이 짚인 유설은 깨어날 생각을 하지 않았다. 진양이 맥을 짚어보니 그녀를 깨우기 위해서는 어느 정도 시간을 들여 추궁과혈을 해주어야 할 것 같았다.

흑표가 말했다.

"지금 그녀를 깨운다고 해도 곧바로 민첩하게 움직이는 것은 힘들 거요. 우선 안전한 곳으로 이동한 다음 혈을 풀어줍시다."

"같은 생각입니다. 그럼 가지요."

진양은 얼른 유설을 등에 업은 후 청운루를 나왔다. 그런데 두 사람이 막 청운루 모퉁이를 돌아가려고 할 때였다.

마침 맞은편에서 걸어오던 왕자헌과 곽연이 두 사람과 정확히 마주친 것이다.

"엇?"

왕자헌과 곽연이 깜짝 놀라서 외마디 비명을 터뜨렸다.

그 순간 흑표가 얼른 진양의 소매를 이끌며 뒤돌아 달렸다.

"갑시다!"

두 사람이 몸을 돌려 달리기 시작하자 왕자헌과 곽연이 잠시 멍하니 서 있다가 얼른 뒤쫓기 시작했다.

"거기 서라!"

무인들이 일제히 뒤를 쫓기 시작했다.

진양은 천상련 내의 지리를 잘 알고 있었기에 막힘없이 질주했다.

두 사람이 한참을 달리는데 마침 갈림길이 나타났다.

흑표가 재빨리 말했다.

"아무래도 여기서 길을 나누는 것이 좋겠소!"

"흑 형님, 괜찮으시겠습니까?"

"내 걱정은 말고 유 낭자를 잘 보살펴 달아나시오!"

"알겠습니다!"

진양이 대답과 함께 먼저 왼쪽 길을 따라 달리기 시작했다. 흑표는 그 갈림길에 잠시 서 있다가 왕자헌과 곽연이 보이자 얼른 오른쪽 길로 달아나기 시작했다.

하지만 왕자헌은 노련한 무인이었다. 그는 얼핏 달아나는 자가 한 명밖에 보이지 않는다는 것을 이상하게 여기고 갈림길에서 멈췄다.

"자네는 저자를 쫓게! 나는 왼쪽으로 가겠다!"

"예!"

왕자헌과 곽연은 길을 나누어 쫓기 시작했다. 뒤따르던 무인들 역시 두 갈래로 자연히 나뉘어졌다.

왕자헌은 얼마 가지 않아서 진양의 뒷모습을 발견할 수 있었다. 진양이 아무리 련 내의 지리가 익숙하다지만 천상련에서 지내는 사람보다 자세히 알 수는 없었다. 거기에다 등에 실신한 사람을 업고 있으니 자연히 걸음 속도가 더딜 수밖에 없었다.

"서라!"

왕자헌이 공력을 끌어올리고 단숨에 진양의 등 뒤로 다가갔다. 그 순간 진양이 왼팔로 유설을 앞으로 돌려 안더니 오른손으로 수호필을 쥐고 세차게 휘둘렀다.

느닷없는 공격에 왕자헌이 깜짝 놀라 검을 앞세웠다.

까앙―!

청명한 금속성과 함께 왕자헌이 뒤로 홀쩍 튕겨났다. 그의 손이 찌릿찌릿 울리고 있었다.

'이놈! 내공이 대단하군!'

왕자헌은 눈썹을 구기고 진양을 보았다.

한데 얼굴이 낯이 익는 듯하면서도 처음 보는 얼굴이었다. 사실 지금의 진양은 표국에서 연회를 벌일 때와는 또 다른 모습으로 분장하고 있었기 때문에 그가 바로 알아볼 수 없었던 것이다.

하지만 왕자헌은 곧 진양이 든 수호필을 보고 그의 정체를 파악했다.

"이게 누구시오? 양 대협이 아니시오?"

진양이 호흡을 가다듬고 대답했다.

"오랜만에 뵙소, 왕 당주."

"이렇게 만나서 반갑소만, 어째서 본 련의 귀하신 손님을 납치하려고 하시오?"

이야기를 하는 동안 왕자헌의 수하들이 속속 도착했다. 그들은 어느새 진양의 앞뒤 진로를 모두 차단한 채 포위해 버렸다.

진양이 주변을 둘러보다가 코웃음을 쳤다.

"흥! 그대들이 유 낭자를 함부로 데려와 놓고 낯짝이 두껍군!"

"무슨 말씀을 그리하시오? 뭔가 오해가 있는 것 같은데 우리 손님을 다시 놓아주시오."

"그럴 수는 없소."

"이러면 곤란하오. 지금 본 련에는 정파의 손님들이 와 계시오. 그들이 만약 양 대협의 이런 무례를 알게 되기라도 한다면 심히 불쾌하게 생각할 것이오."

진양이 고개를 갸웃거리고 물었다.

"무슨 무례를 말이오?"

왕자헌이 히죽 웃으며 답했다.

"양 대협이 본 련의 손님인 유 낭자를 기절시킨 후 납치하는 것이 무례가 아니고 무엇이겠소?"

"뭐요?"

진양은 기가 막혀서 말이 나오지 않았다.

한편으로는 왕자헌의 간계에 내심 혀를 내둘렀다.

그렇다. 왕자헌은 순간적인 판단으로 골칫거리를 진양에게 떠넘기고 모든 책임을 전가시킨 것이다. 그야말로 간악하기 짝이 없는 이화강동(移禍江東)의 계책이었다.

진양이 수호필로 왕자헌을 가리키며 소리쳤다.

"훙! 정말 뻔뻔하기 짝이 없는 작자군!"

"뻔뻔한 건 그쪽이 아니오? 자, 이러지 말고 어서 유 낭자의 혈을 풀어주고 놓아주시오."

진양은 주변을 다시 한 번 찬찬히 둘러보았다. 앞뒤의 길목은 창천당의 무인들로 꽉 막혀서 도저히 빠져나갈 틈이 보이지 않았다.

그나마 다행인 것은 창천당 외에 다른 무인들이 보이지 않는다는 것이다. 왕자헌이 간계를 써서 책임을 전가시키긴 했지만, 어쨌거나 천상련의 입장에서도 이런 일은 조용히 처리하고 싶었으리라.

순간 진양이 몸을 번쩍 솟구치며 옆의 벽을 타고 날아올랐다. 그가 자양신공을 극한으로 끌어올리니 유설을 업고도 건물 지붕 위까지 가까스로 올라설 수 있었다.

"쫓아라!"

왕자헌이 소리치자, 무인들 모두가 몸을 날려 벽을 타고 지붕 위로 뛰어올라 왔다.

진양은 앞서 달려가고 있었다.

진양은 지붕 위에서 도망치다간 어디에서든 훤히 보이기 때문에 불리하다는 것을 깨닫고 다시 건물 사이로 뛰어내렸다. 추격자들이 줄을 이어 뛰어내리며 진양을 뒤쫓았다.

진양은 무인들이 앞을 가로막고 나타날 때마다 길을 꺾었다. 그는 이대로 도망치다 보면 끝내는 천상련에서 벗어날 수 없다는 것을 직감했다.

천상련의 건물은 애초에 외부의 침입을 대비해서 미로같이 설계되어 있었다. 때문에 창천당 무인들이 이미 진을 펼쳐 자신을 몰고 있다면 결국은 련 내에서 방황하다가 사로잡히고 말 터였다.

'이대로는 벗어날 수 없다. 뭔가 방법이 없을까?'

그 순간 어떤 생각이 진양의 뇌리를 스쳤다. 그와 동시에 진양은 방향을 틀었다.

그가 달리는 방향은 창천당의 무인들로서도 전혀 뜻밖이었다.

때문에 그의 앞길을 막으며 나타난 무인은 고작 두 명밖에 되지 않았다.

진양이 순간 그들을 지나가며 수호필을 꺼내 들고 휘둘렀다. 한줄기 은빛 섬광이 번쩍이자 검을 든 두 무인의 손목이 그대로 싹둑 잘려 나가 바닥에 떨어졌다. 두 무인이 비명을 지르며 주저앉았다.

진양은 그대로 전방으로 돌진하더니 몸을 날려 담장을 뛰어넘었다. 담장 안의 정원은 진양에게 매우 익숙한 풍경이었다.

바로 그곳은 천보각의 정원이었다.

순간 천보각 지붕 위에서 무인 십여 명이 진양을 향해 떨어져 내렸다.

그들은 천보각을 지키는 천보심육검(天寶十六劍)이라 불리는 무인들이었다.

진양은 체내의 모든 자양신공을 오로지 경공에만 집중하여 번개처럼 몸을 날렸다. 그가 순식간에 열여섯 무인의 틈새를 실바람처럼 빠져나갔다. 천보십육검의 열여섯 자루 검은 번번이 허공을 베어낼 뿐이었다.

마지막으로 검 하나가 아슬아슬하게 목을 스쳤지만, 가벼운 검상만 남기고 말았다.

그야말로 귀신같은 몸놀림이었다.

사실 진양은 과거 천보각에서 지내면서 천보십육검의 훈련 모습을 수없이 지켜봐 왔다. 그들은 주기적으로 침입자를 대비해서 검진을 펼치는 훈련을 해왔다. 때문에 진양은 천보십육검의 검진을 본능적으로 파훼할 수 있었던 것이다.

하지만 어디까지나 짧은 거리였고 단 한 번의 시도였기에 성공한 것이다. 만약 다시 한 번 이런 시도를 했다가는 검날이 목을 스치는 선에서 끝나지 않으리라.

천보각 정문에 다다른 진양은 다시 모든 공력을 수호필에 집중시키고 휘둘렀다.

꽈당!

문짝이 떨어져 나갈 듯 큰 소리를 울리며 벌컥 열렸다. 늦은 밤이어서 그런지 천보각 안에는 아무도 없었다. 진양은 곧바로 천보각 지하 보관실로 달려 내려갔다. 그리고 지하실의 육중한 철문을 닫아걸었다.

이 모든 과정이 숨 몇 번 쉴 동안에 이루어졌으니, 천상련의 무인들은 눈 뜬 봉사라도 된 양 속수무책으로 당할 수밖에 없었다.

왕자헌과 그의 수하들이 뒤늦게 쫓아 들어왔지만 육중하게 닫힌 철문은 열릴 생각을 하지 않았다.

천보각 지하 보관실의 철문은 원래 안에서 잠그면 밖에서 열 수 없게 되어 있었다. 이 지하실은 비상시의 탈출로가 있는 곳이기도 했기에 밖에서 열 방법이 없었던 것이다.

천보각에서 오랫동안 지냈던 진양은 이러한 사실을 누구보다도 잘 알고 있었다. 때문에 천상련을 벗어날 방법이 떠오르지 않자 우선 이곳으로 도망쳐 온 것이다.

밖에서 왕자헌의 성난 목소리가 들렸다.

"너희는 가서 출구를 봉쇄해라!"

모르는 사람이 들었다면 그저 천보각의 출구를 봉쇄하라는 말로 생각하겠지만, 진양은 그것이 비밀 통로의 출구라는 것을 눈치챌 수 있었다.

수하들의 우렁찬 대답 소리가 들리더니 다수의 발소리가 멀어져 갔다.

이어서 왕자헌의 목소리가 다시 들려왔다.

"양 형, 그곳에서 얼마나 버틸 수 있겠소? 그곳엔 먹을 것이 없소. 어차피 우리에게 사로잡히게 될 몸, 그냥 포기하고 나오시오. 우리 천천히 대화로 오해를 풀어봅시다."

진양이 짐짓 여유있게 웃으며 소리쳤다.

"하하하! 나는 이곳에 비밀 통로가 있다는 것을 알고 있소! 그러니 언제든 나갈 수 있을 거요!"

그 말에 왕자헌은 잠시 침묵했다. 아마도 진양이 비밀 통로에 대해서 알고 있는 것에 놀란 듯했다.

잠시 후 왕자헌이 다시 말했다.

"그곳에 비밀 통로 따위는 없소, 양 형."

"하하하! 그대는 정말 뻔뻔하기가 하늘을 찌르는군. 이곳의 책 하나를 꺼내고 바닥의 단추를 누르면 벽의 문이 열린다는 것을 모를 줄 아시오? 게다가 이 기관장치는 안에서만 작동하니 이보다 안전한 곳도 없겠지!"

진양이 이렇게까지 이야기하자 왕자헌도 더는 숨길 수가 없었다.

"그걸 어찌 아셨소?"

"나는 이미 천상련으로 올 때 모든 정보를 입수한 뒤에 잠입했소!"

"흐음. 하나 양 형이 그 비밀 통로로 정말 달아날 수 있다고 생각하시오? 이미 그 비밀 통로 출구에는 내 수하들이 매복하고 있소이다. 그러니 허튼 생각은 하지 않는 것이 좋소."

"그렇다면 여기서 굶어 죽지요, 뭐."

"양 형, 그러지 말고 우리 대화합시다, 대화."

"지금 하고 있지 않소?"

진양이 빈정거리며 나오자 왕자헌은 분을 삭이는 듯 길게 한숨만 내쉬었다.

결국 왕자헌이 버럭 소리치며 몸을 돌렸다.

"홍! 좋소! 어디 거기서 얼마나 견딜지 두고 보지!"

이윽고 발걸음 소리가 멀어지더니 인기척이 더 이상 들리지 않았다.

진양은 그제야 뒤로 몇 걸음 물러나서 바닥에 천천히 주저 앉았다.

'우선 한시름 놓았군. 그나저나 흑 형님은 어찌 되셨을까?'

아직 아무런 소식이 들려오지 않는 것을 보면 분명 사로잡히진 않았을 것이다. 흑표의 특기가 민첩하고 빠른 경공이니 어쩌면 천상련을 무사히 빠져나갔을지도 모른다.

진양은 좋은 쪽으로 생각하며 주위를 둘러보았다. 입구에 놓인 야명주의 빛이 희미하게 지하실을 밝히고 있었다.

세상의 온갖 귀한 무공들이 존재하는 곳.

이런 곳에 들어섰으니 이제 천상련은 무슨 일이 있어도 자신과 유설을 살려두려고 하지 않을 것이다.

이걸 운이 좋다고 해야 하나, 운이 없다고 해야 하나?

왕자헌은 천보각 정문에서 입술을 질끈 깨문 채로 서성거렸다.

오늘은 천상련이 생긴 이래로 가장 재수가 없는 날이었다.

화산파와 종남파가 찾아와서 골치가 아픈데다 진양과 유설이 천보각 지하실로 들어갔으니 이 노릇을 어찌해야 좋단 말인가?

"제길!"

콰가가각!

그가 분통을 터뜨리며 검을 휘두르자 천보각 외벽에 굵고 긴 검상이 새겨졌다.

그는 숨을 식식 몰아쉬며 생각했다.

'도대체 그놈이 어찌 지하 통로를 알았을까?'

그러고 보면 천보각으로 들어갈 때도 놈의 움직임은 몹시 민첩했다. 제아무리 고수라고 할지라도 천보십육검의 검진을 피하기는 어렵다.

한데 놈은 마치 모든 것을 꿰뚫고 있다는 듯이 움직였고, 정확히 단 한 번에 지하 보관실을 찾아갔다. 그 행동에 망설임이라곤 전혀 찾아볼 수 없었다.

아무리 천상련에 대해서 조사를 했다지만, 유설이 잡혀온 지 겨우 얼마나 지났던가?

그 짧은 시간에 천상련의 모든 비밀을 이처럼 완벽하게 알아낼 수는 없다.

역시 생각할수록 이상한 일이었다.

그때 곽연이 수하들을 이끌고 천보각 정문에 도착했다. 왕자헌은 그를 보자 더욱 화가 치밀어 올라왔다. 이 모든 것이 곽연 때문에 벌어진 일이 아닌가.

그가 곽연에게 다가가더니 다짜고짜 뺨을 한차례 올려붙였다.

짜악―!

곽연의 몸이 휘청 흔들렸다가 곧 중심을 잡았다.

왕자헌이 소리쳤다.

"이제 어떻게 할 참이냐? 그놈이 천보각 지하실로 들어갔다!"

곽연의 표정이 경악으로 물들었다.

"천보각 지하실로 갔습니까?"

"그렇다! 네놈이 한순간의 욕정을 이기지 못해서 이 꼴이 된 게 아니냐!"

"죄, 죄송합니다!"

"쫓아간 놈은 어찌 됐느냐?"

"놓, 놓쳤습니다. 놈이 워낙 경공이 뛰어나고 민첩… 컥!"

곽연이 말을 마저 잇지도 못하고 종잇장처럼 날려가서 벽에 처박혔다.

왕자헌이 그의 가슴을 발로 걷어찬 것이다.

왕자헌은 그러고도 분이 풀리지 않는지 곽연에게 다가가서 멱살을 잡아 일으켰다.

"이 멍청한 자식!"

왕자헌이 단검을 뽑아 그의 목에 바짝 들이댔다.

"미꾸라지 한 마리가 물을 온통 더럽힌다더니! 네놈이 딱 그 미꾸라지구나!"

"용, 용서를……!"

"닥쳐라!"

왕자헌은 이를 부득부득 갈며 곽연을 잡아먹을 듯 노려보았다. 그는 순간 단검을 단단히 움켜쥐더니 단숨에 곽연의 왼쪽 눈을 콱 내찔렀다.

"끄으읍!"

곽연이 입술을 꽉 깨물며 터져 나오는 비명을 억눌러 참았다.

왕자헌은 곽연을 바닥에 내팽개치고는 돌아섰다.

"네놈의 잘못은 목숨을 끊어도 부족할 지경이다. 하나 내 마지막으로 네놈 목숨을 남겨두지. 또다시 날 실망시키지 마라. 그땐 너 하나의 목숨만 끝나는 것이 아니다."

"명, 명심하겠습니다!"

"천보각으로 숨어든 쥐새끼들은 필살한다."

"옛!"

말을 마친 왕자헌이 어디론가 저벅저벅 걸어갔다.

第八章
절세신공을 익히다

神筆天下
신필천하

　진양은 입구에 놓인 야명주를 들고 돌아왔다. 바닥에 쓰러
져 있는 유설의 초췌한 얼굴을 가만히 내려다보니 마음이 쓰
라렸다.

　하지만 여전히 그녀의 외모는 보는 사람의 마음을 두근거
리게 만들기에 충분했다.

　진양은 야명주를 옆에 내려놓고 그녀를 일으켜 앉혔다. 그
리고 그녀의 등에 양손을 댄 후 천천히 기를 주입시켜 갔다.

　대략 반 시진 정도가 지나자 유설이 천천히 눈을 뜨기 시작
했다.

그녀는 아랫배에서부터 따뜻한 진기가 샘솟듯이 솟구쳐 오르는 것을 느꼈다. 이윽고 완전히 정신을 차린 그녀는 누군가의 손이 자신의 등에 닿아 있다는 것을 깨달았다. 그리고 상대로부터 강물 같은 힘줄기가 끊임없이 흘러들어 온다는 것도 알았다.

그녀가 기쁜 마음으로 물었다.

"양 소협이에요?"

"정신이 드셨습니까?"

진양이 부드럽게 물어오자 유설은 마음속으로 격한 감동을 느꼈다.

그녀가 뭐라고 입술을 달싹이는데, 진양이 말을 덧붙였다.

"우선은 정신을 집중해서 운공하세요."

"아, 네."

유설은 얼른 눈을 감고 전신의 진기를 운기하기 시작했다. 등에서부터 진양의 진기가 끊임없이 쏟아져 들어왔다.

시간이 지날수록 유설은 정신이 더욱 맑아지고 푸근한 기분이 들었다.

한참 후 그녀가 눈을 뜨고 말했다.

"전 이제 괜찮아요. 양 소협도 그만 쉬세요."

"그럼······."

진양은 그제야 양손을 거두었다.

꼬박 한 시진 동안 움직이지도 않고 진기를 주입한 뒤다. 그의 이마에는 땀방울이 송골송골 맺혀 있었다.

진양이 잠시 자양신공을 다스리고 나서 눈을 떴다. 어느새 유설이 몸을 돌려 진양을 바라보고 있었다.

진양이 먼저 미소 지으며 물었다.

"기분은 좀 괜찮으신지요?"

"괜찮아요. 감사해요."

"다행입니다."

"그런데… 여긴 어디인가요?"

유설이 주위를 둘러보며 물었다.

진양이 빙그레 웃으며 답했다.

"보물 창고입니다."

"보물 창고요?"

유설이 어리둥절한 표정을 짓자 진양이 재미있는 듯 웃으며 답했다.

"천보각이라고 들어보셨겠지요?"

"천보각이라면 천상련의……."

그러다가 문득 그녀는 뭔가 떠올랐는지 깜짝 놀라 물었다.

"에? 그럼 여기가 그 천보각이란 말인가요? 우리가 왜 여기에 있는 거죠?"

진양이 그동안 있었던 이야기를 유설에게 전해주었다.

이야기를 들은 유설이 그제야 주위를 찬찬히 둘러보았다. 그녀는 천천히 일어나서 책장을 하나하나 살펴보다가 떨리는 목소리로 물었다.

"그럼 여기 있는 것들이… 전부 천하에서 끌어 모은 각종 무공이란 말인가요?"

"그렇지요."

문득 유설이 웃었다.

"풋. 궁지에 몰린 것치고는 너무 근사한 곳이네요."

"그렇죠? 이제 어떻게 나갈지만 생각하면 됩니다."

"하지만 여기엔 나갈 수 있는 문이 두 곳뿐이라면서요?"

"맞습니다."

"어떻게 나가죠?"

유설의 물음에 진양의 눈길이 책장으로 향했다.

"피치 못할 사정이 생겼으니 힘을 좀 빌려보는 수밖에요."

말을 내뱉는 진양의 표정에는 묘한 기대와 걱정이 교차하고 있었다.

*   *   *

다음날 아침 왕자헌은 아침 식사를 거의 하지 않았다. 그는 지난밤을 어떻게 보냈는지도 모르겠다. 한숨도 잘 수 없었다.

아니, 침상에는 엉덩이도 닿지 않았다.

갑자기 벌어진 이 복잡한 상황을 어떻게 손봐야 할지 감이 오지 않았다.

그때 곽연이 방으로 찾아왔다. 그는 왼쪽 눈을 흰 천으로 감싸고 있었는데, 벌겋게 배어 나온 핏물 때문에 천은 눅눅하게 젖어 있었다.

왕자헌은 꼴도 보기 싫다는 듯 눈살을 찌푸리며 물었다.

"무슨 일이냐?"

"한 가지 보고 드릴 일이 있습니다."

"또 뭐냐?"

왕자헌이 신경질적으로 되물었다.

"유설을 찾아온 양씨 녀석의 정체를 알 것 같습니다."

"알 것 '같다'는 뜻인가, '안다'는 뜻인가?"

"확실한 물증은 없지만 가능성이 높습니다."

왕자헌이 차가운 표정으로 곽연을 노려보았다.

"도대체 확실히 할 줄 아는 게 뭐야?"

"하지만 우선 들어보시면……."

"네놈이 아직도 정신을 못 차렸구나!"

왕자헌이 검을 꺼내 들고 곽연에게 성큼성큼 다가갔다. 그리고 당장에라도 내려칠 듯 검날을 높이 치켜들었다. 그의 두 눈에서는 불똥이라도 튀어나올 듯했다.

마치 곽연을 잡아먹을 듯 노려보던 그가 길게 한숨을 내쉬
더니 검을 거두었다.

"우선 들어나 보지. 말해라."

"그 녀석의 정체가 양진양인 것 같습니다."

"양진양? 양진양… 그게 누구지?"

왕자헌은 무림 인사 중에서 그런 이름을 들어본 적이 없었
다.

"양진양. 예전에 천보각에서 무공 비급을 필사하던 녀석입
니다. 그놈은 원래 살인멸구 대상이었으나 절벽에서 추락하
는 바람에……."

"아!"

왕자헌이 그제야 기억이 난 듯 탄성을 터뜨렸다. 그가 곽연
을 돌아보고 물었다.

"그 녀석이 그사이에 그토록 강해졌단 말이냐? 내 기억에
놈은 무공에 재주가 없지 않았더냐?"

"그 연유에 대해서는 저도 잘 모르겠습니다. 혹시 천보각
의 무공서를 필사하던 중 남몰래 무공을 익힌 것이 아닐까
요?"

"흐음. 그렇다면 그가 양진양이라고 확신하는 또 다른 이
유는 무엇이냐?"

곽연은 자신의 생각을 막힘없이 이야기해 갔다. 천상련에

서 지낼 때 자신을 대신해서 연서를 써주었던 것부터 시작해서 진양의 인상착의, 그리고 천상련의 내부 구조를 너무나 명확하게 잘 알고 있는 사실까지.

이야기를 모두 듣고 나니 왕자헌도 곽연의 말이 상당히 일리가 있다는 생각이 들었다.

그가 곽연을 보며 냉랭하게 말했다.

"흥! 결국 네놈의 실수로 살아남은 녀석이 또 말썽을 부리는 것이었군. 네놈은 처음부터 천상련의 무인으로서 자격이 없었어. 이번 일이 끝나면 내 네놈의 문제를 련주님께 보고해야겠다."

곽연이 사색이 된 얼굴로 말했다.

"당, 당주님!"

"사실이 그렇지 않느냐? 이 모든 사건의 발단이 네놈과 관련이 있지 않느냐?"

왕자헌의 질책에 곽연은 제대로 대답할 수가 없었다. 그가 낯빛이 어둡게 변하자 왕자헌이 힐끔 쳐다보고는 말했다.

"무슨 일이 있어도 그 두 연놈을 죽여야 한다. 이번 사건을 네가 잘 마무리만 짓는다면 지금까지의 일을 내 묻어주지."

그제야 곽연의 얼굴에 한 가닥 희망의 빛이 서렸다.

"감, 감사합니다!"

"혹여 쓸데없는 감정 소모를 하느라 실수를 해서는 안 될 것이다."

"명심하겠습니다."

그러다가 곽연이 무슨 생각이 떠올랐는지 문득 왕자헌을 보고 입을 열었다.

"당주님, 이런 건 어떤지요?"

"뭘 말이냐?"

"우선 화산파와 종남파를 만나는 겁니다. 그리고 양진양과 유설이 우리 천보각의 무공서를 노리고 잠입했다가 지금 그곳에 갇혀 있다고 전하는 것이지요. 그래서 당장 칠절매화검을 넘겨줄 수 없다고 말하는 겁니다."

왕자헌이 가만히 생각하다가 입을 열었다.

"나도 그 생각을 해보지 않은 것은 아니다. 하지만 그러기에는 일이 너무 공교롭게 됐다. 화산파와 종남파가 우리 말을 믿으려 하지 않을 것이다. 만약 네놈이 다른 문파를 찾아갔는데, 하필 그런 일이 생겨서 무공서를 넘겨주지 못한다고 하면 믿겠느냐? 게다가 양진양과 유설이 어떻게 나올지 그 변수도 알 수 없다. 자칫하면 오히려 커다란 악수를 두는 꼴이 될지도 모른다. 지금으로서는 각각의 일을 따로 처리할 수밖에 없다."

"알겠습니다."

그때 무인 한 명이 들어서며 보고했다.

"당주님, 화산파와 종남파에서 뵙고자 청합니다."

"제길. 또 시작이군. 알았다. 곧 가보마."

무인이 물러가자 왕자헌이 곽연을 돌아보며 말했다.

"절대로 경거망동하지 마라."

"예, 당주님."

두 사람은 곧 창천당을 빠져나갔다.

왕자헌과 곽연이 객당 대청으로 들어서자 커다란 탁자를 앞에 두고 두 노인이 근엄한 풍모로 앉아 있었다. 왼쪽은 화산파의 장문인인 매화신검(梅花神劍) 석군평(石君評)이었고, 오른쪽에 앉은 사람은 종남파의 수석장로인 비뢰검(飛雷劍) 봉상탁(鳳尙卓)이었다.

두 사람의 눈빛은 형형하게 빛나고 있었다.

그들 뒤에는 화산파와 종남파의 무인으로 보이는 자들이 빽빽하게 서 있었다.

왕자헌과 곽연은 그들 앞에 멈춰 서서 포권을 취하며 예를 갖췄다.

"간밤에는 편히 주무셨는지요? 두 선배님께서 찾으셨다고 들었습니다."

그러자 석군평이 다짜고짜 탁자를 쾅 내려쳤다.

"도대체 언제까지 미적거릴 작정인가? 칠절매화검을 내놓

으라 하지 않았나?"

"그 부분에 대해서는 차후 련주님께서 따로 답변을 주실 겁니다."

"도대체 언제까지 기다리라는 말인가?"

왕자헌이 더욱 깊이 읍을 하며 말했다.

"조금만 더 여유를 가지고 기다려 주십……."

"흥! 나는 그렇게 느긋한 사람이 못 되네! 만약 내일까지 칠절매화검을 내놓지 않으면 우리도 더 이상은 가만있지 않을 걸세!"

왕자헌의 안색이 굳어졌다.

만약 칠절매화검이 천상련에 있었다면 이미 화산파에게 건네줬을 것이다. 화산파는 그동안 칠절매화검을 되찾기 위해서 천상련에 모든 방법을 동원해 왔다. 어쩔 때는 정파의 체면을 뒤로한 채 갖가지 예물을 보내오기도 했고, 또 어떤 날은 사람을 보내 은근한 협박을 해오기도 했다.

하지만 그들은 대체적으로 평화적인 방법을 써왔다. 그러는 동안 화산파와 천상련은 제법 두터운 친분까지 쌓게 됐다.

하지만 화산파가 궁극적으로 바라는 것은 칠절매화검을 되찾는 것이었다.

그런데 그 칠절매화검이 지금 천상련에 없다는 것이 문제였다.

실제로 천상련은 화산파의 칠절매화검을 돌려주기로 결정하고 천보각 지하실을 샅샅이 뒤졌다. 한데 칠절매화검을 도무지 찾을 수가 없었다. 칠절매화검은 무공서가 낡지 않은 관계로 따로 필사해 둔 것도 없었다.

단 하나밖에 없는 칠절매화검이 어디론가 사라지고 만 것이다. 이에 책임을 물어 천상련은 천보각주 풍천익을 천중옥에 가두기까지 했다.

그런다고 사라진 칠절매화검이 돌아오는 것은 아니었다. 화산파는 더욱 간절하게 요구해 왔고, 천상련은 이제 이러지도 저러지도 못하는 지경에 놓인 것이다.

만약 이제 와서 칠절매화검을 잃어버렸다고 한다면 화산파가 믿지도 않겠지만, 믿는다고 하더라도 그 책임을 천상련에 묻지 않겠는가?

문제는 칠절매화검이 어디로 사라졌느냐다.

이에 대해 천상련은 양진양이 칠절매화검을 훔쳤을 것이라고 판단했다. 이건 최악의 경우였다.

진양이 천상련을 탈출하던 날 벼랑에서 떨어져 급류에 휩쓸렸다는 것은 모두가 아는 사실이다. 때문에 천상련은 진양이 죽었을 것이라고 거의 확신하고 있었다. 무공이 나름 고강한 곽연이 거의 죽다 살아났으니 한낱 어린아이는 틀림없이 죽고 말았으리라. 그렇다면 칠절매화검은 이제 영영 찾을 방

도가 없는 것이다.

만에 하나 진양이 살아 있다고 해도 칠절매화검은 물에 젖어 실전됐을 터였다.

조금만 일찍 진양이 살아 있다는 것을 알았다면 모든 책임을 진양에게 뒤집어씌우기에도 좋았으리라.

하지만 이제 와서 책임을 전가시키려고 해도 화산파에게 씨알이나 먹히겠는가? 그들에겐 어떤 변명도 필요없다. 오로지 칠절매화검이 중요할 뿐이다.

왕자헌이 내심 근심하며 대답했다.

"련주님께 말씀 올리겠습니다."

"명심하게. 내일까지네. 더 이상은 우리도 기다릴 수가 없네."

"그럼."

왕자헌과 곽연이 다시 두 손을 맞잡아 보인 뒤 몸을 돌렸다.

그때 무리 중 누군가가 불쑥 물었다.

"한데 어제 무슨 일이 있었소?"

왕자헌이 뜨끔한 마음으로 돌아보았다.

"무슨… 말씀이시오?"

"조금 어수선한 듯해서 묻는 것이오."

왕자헌은 그를 가만히 눈여겨보았다.

좀 이상하지 않은가? 어제 진양이 찾아와서 일으킨 소동은 이곳에서도 한참 떨어진 위치였다. 물론 내공이 깊은 자들이라면 먼 곳에서 들리는 소리도 알아챌 수 있을 것이다.

하지만 하루 종일 내공을 끌어올리진 않을 것이다. 더구나 어제는 깊은 밤이 아니었던가?

어떻게 그걸 알았을까?

또 한 가지 이상한 점은 석군평과 봉상탁이 가만히 있는데 그가 불쑥 나서서 묻는다는 점이었다. 얼핏 보면 상당히 무례해 보일 수도 있었다.

왕자헌이 짐짓 아무렇지도 않은 척 고개를 저었다.

"본 련에서 어젯밤 모의훈련이 잠시 있었을 뿐 특별한 일은 없었소이다."

"그랬군. 잘 알았소."

왕자헌은 고개를 끄덕여 보이고는 다시 몸을 돌렸다. 두 사람은 그렇게 객당을 벗어났다.

만약 이 자리에 진양이나 흑표, 혹은 유설이 있었다면 방금 화산파의 무리 속에서 질문을 던졌던 그 중년인이 누군지 바로 알아차렸을 것이다.

그는 바로 종지령이었다.

그의 곁에는 키가 크고 비쩍 마른 노인도 함께 있었다. 그는 바로 얼마 전에 진양의 목숨을 위협했던 금곤삼왕 갈지첨이었다.

　하지만 왕자헌과 곽연은 이들과 마주친 적이 없었기에 별생각없이 돌아갔다. 이미 그들의 머릿속은 다른 생각만으로도 너무나 복잡한 상태였다.

　대청을 나온 왕자헌이 곽연에게 나직이 말을 전했다.

　"혹시 모르니 비밀 통로 출구에 인원을 보강하도록 해라. 풍기대를 그쪽에 배치시키는 것이 좋겠군. 풍기대주에게 말을 전해라."

　"알겠습니다."

　"양진양과 유설이 나타나면 즉살이다."

　왕자헌이 서슬 퍼런 표정으로 읊조렸다.

*　　　　*　　　　*

　진양은 수호필을 들고 천천히 심호흡을 했다. 유설은 한옆에 앉아서 그런 진양의 모습을 숨도 쉬지 않고 지켜보았다.

　진양 앞에는 한 권의 책자가 놓여 있었다.

　바로 화산파가 그토록 찾고 있는 칠절매화검이었다. 천보각 지하에는 각종 천하 무공들이 보유되어 있지만, 칠절매화검은 확실히 검증된 무공이 아니던가.

　진양은 우선 급한 상황인만큼 칠절매화검을 익히기로 한

것이다.

이윽고 진양이 눈을 떴다.

그는 수호필을 쥔 손에 힘을 주더니 스윽 획을 그어나가기 시작했다. 물론 은잠사에는 먹물이 묻어 있지 않았으므로 글씨가 바로 나타나지는 않았다.

하지만 지하실에 쌓인 먼지가 닦이면서 필적이 희미하게나마 보였다.

신산지화(辛酸之花).

이것은 일곱 가지 절초로 구성된 칠절매화검의 바로 첫 번째 절기였다. 진양은 다시 그 위에 같은 글씨를 행서체로 적었다. 이어서 초서체로 적고 나중에는 매우 빠른 속도로 광초체로 적었다.

진양은 일필휘지로 붓을 움직여 갔는데, 그의 표정이 시종일관 진지했다.

'신산지화란 매운 향기가 나는 꽃이란 뜻이다. 즉, 아름다움 속에 숨어 있는 매서움을 나타내는 것이 이 초식의 핵심이다. 그렇다면 이 화(花) 자의 경우에는 최대한 아름답게 필획을 흘려야 할 것이며, 신(辛) 자에서는 최대한 강렬하게 표현되어야 할 터이다. 이 절기의 요체는 바로 이 두 글자에 있는

셈이다.'

이러한 생각은 사실 거의 무의식중에 이루어지고 있었다. 때문에 진양은 그저 본능에 몸을 맡긴 듯 움직였다.

곁에서 지켜보던 유설은 저도 모르게 입을 벌리고 진양의 붓놀림을 바라보았다.

'어쩌면 저렇게 아름다울 수 있을까? 어떤 필획에서는 힘이 넘치고, 또 어떤 구간에서는 마음이 녹아들 만큼 부드러움이 묻어 나오니, 그야말로 일획에 사람의 마음을 움켜잡았다가 또 일획에 사람의 마음을 놓아버리는 듯하구나.'

유설은 경외감에 찬 눈빛으로 진양을 보았다. 그 어느 때보다도 진양이 대단하게 보이는 순간이었다.

진양은 그다음 절기인 향류천리(香流千里)를 적었다. 이번 역시 해서체에서 행서로, 행서에서 초서로 변형해 갔다. 진양의 붓놀림은 막힘이 없었고, 그 부드러운 각각의 움직임이 숨 막힐 듯 아름답게 보였다.

곧 지하실 안에는 어느새 진득한 꽃향기가 가득 차오른 것만 같았다.

유설은 마음속 깊은 곳에서부터 존경심이 우러나와 눈물마저 고일 것만 같았다.

'절세의 화공이 꽃을 그리면 벌과 나비가 날아든다더니, 그의 글에서는 꽃향기가 나는구나.'

이어서 진양은 또 그다음의 절초인 향만천지(香滿天地)를 적었다.

이번에는 지하실에 꽃향기가 질식할 만큼 가득 차오르는 것을 느꼈다. 동시에 진양의 얼굴이 붉은 빛으로 서서히 물들고 있었다. 그가 저도 모르게 칠절매화검법에 걸맞도록 내공을 운기하다 보니 혈색이 붉어진 것이었다.

아까의 꽃향기는 수호필에서부터 끊임없이 흘러나와 멀리 퍼지는 형태였다면, 지금의 꽃향기는 그 농도가 짙어져 온 세상이 꽃향기로 가득 차오른 듯한 느낌이었다.

진양의 전신에서 피어오르는 기운을 느끼며 유설은 답답함을 느꼈다. 이제는 그 꽃향기가 멋있거나 아름답다기보다는 무섭기까지 했다. 이대로 질식해서 죽을지도 모르겠다는 생각이 들 정도였다.

그럼에도 진양의 붓놀림은 고요하고 부드럽기 짝이 없었다.

다음 순간 진양의 붓놀림이 자못 거칠어졌다.

매영난세(梅影亂世).

바닥에 새겨지고 있는 글귀는 분명 매영난세였다. 이는 칠절매화검의 네 번째 절기로서, 매화의 그림자가 세상을 어지

럽힌다는 내용이었다. 진양의 글씨는 점점 거칠고 흉폭해졌
으며 쾌속하게 이어졌다.

지금까지의 부드러운 움직임과 비교하자면 전혀 다른 글
씨가 새겨지고 있었다. 동시에 그의 전신에서 뿜어져 나오는
기운 역시 난폭하며 어지럽게 퍼져 나가 지켜보던 유설은 정
신을 차릴 수 없을 지경이었다.

'아, 내가 아직 칠절매화검의 검초를 직접 보진 못했지만,
벌써 알 것만 같구나. 세상에 이토록 어려운 절초가 또 있을
까?'

분명 진양의 붓놀림과 기의 순환은 몹시 거칠고 불안정해
보였지만, 그 모든 것이 기묘하게 짜 맞춘 듯했고, 혼란 속에
서도 질서가 보이는 듯했다.

그러던 어느 순간, 진양의 붓놀림이 또다시 변했다.

유설은 다시 그가 새기는 글씨가 무엇인지 가늠해 보았다.
이제 바닥의 먼지는 이미 다 닦이고 흩어져 오히려 광이 날
지경이었다.

하지만 진양의 필체가 워낙 또렷하기에 그녀는 곧 그가 해
서체로 무엇을 쓰는 중인지 알아볼 수 있었다.

낙매여우(落梅如雨).

바로 칠절매화검의 다섯 번째 절초였다. 이는 이름 그대로 매화꽃이 비처럼 떨어지는 것을 본떠 만든 초식이었다. 진양의 필획은 점점 더 거칠고 강하게 이어졌다.

이는 먼저 적었던 매영난세와 상당히 비슷해 보였지만 엄연히 다른 절초였다. 때문에 진양의 붓놀림과 기의 흐름 역시 비슷해 보이면서도 확연히 다른 무언가가 있었다.

조금 전 진양의 붓놀림은 거칠고 무섭게 보였다면, 지금 진양의 붓놀림은 오히려 그 기세가 약해 보였다. 대신 지금의 초식에는 실속이 있고, 강맹한 기운이 더욱 또렷하게 느껴졌다.

유설이 마음속으로 감탄을 터뜨렸다.

'그렇구나! 매영난세는 그림자가 세상을 어지럽힌다는 뜻이니, 즉 허초가 무수히 섞인 검초라고 할 수 있겠다. 하지만 낙매여우는 매화꽃이 현란하게 떨어져 내리는 것이니, 허초보다는 실초에 무게를 실은 것이로구나. 아, 이 두 검초를 연환식으로 펼친다면 얼마나 무서운 검법이 나올까? 만약 이 두 초식만 반복적으로 펼쳐도 어지간한 고수는 금세 손발이 어지러워지고 말 거야. 화산파가 어째서 오늘날의 명문정파로 우뚝 설 수 있었는지 알 만하구나.'

유설은 지금 이 순간이 어쩐지 즐겁다는 생각마저 들었다. 단지 붓놀림 하나로 무공의 오묘한 이치를 깨우치고 몸으로 느낄 수 있다니. 어디서 또 이런 멋진 광경을 볼 수 있겠는가?

그녀는 점점 진양의 글씨에 빠져들었다.

진양은 오로지 온 정신을 글씨에만 집중하며 다음 초식인 만화성막(萬花成幕)이라는 글자를 적었다. 이는 수많은 꽃이 가득 피어 장막을 이룬다는 뜻으로, 앞서 적은 매영난세와 낙매여우에 이어진 쾌검의 절정이라고 볼 수 있었다. 또 한편으로 해석하자면, 철저한 방어의 형태를 지니고 적의 공격을 막아낼 수 있는 것으로도 볼 수 있었다.

어쨌거나 이 검초의 핵심은 바로 만(萬) 자와 막(幕) 자였다. 진양의 붓놀림은 점점 빨라지더니 나중에는 눈으로 보기 힘들 만큼 순식간에 이어졌다.

분명 그리 요란한 움직임도 아니었건만, 어떻게 그 글이 쓰인 것인지 알 수 없을 지경이었다. 순식간에 광초까지 적어낸 진양은 다시 마지막 절기를 해서체로 써나갔다.

이번만큼은 그 어느 때보다도 신중하게 글을 적어갔다.

암향부동화(暗香不凍花).

바로 칠절매화검에서 마지막 절기다.

은은한 향기의 얼지 않는 꽃이라는 뜻이다. 매화는 이른 봄에 추위를 뚫고 피어나 봄이 왔음을 알린다. 즉, 아무리 힘겨운 추위가 찾아와도 매화는 끝내 얼지 않고 피어난다.

진양이 이 초식을 적을 때, 유설은 조심스러우면서도 차분한 마음으로 그를 지켜보았다.

그리고 마지막으로 진양이 필획을 그었을 때, 유설은 알 수 없는 기운이 자신을 향해 무섭게 날아드는 것을 느꼈다. 깜짝 놀란 그녀는 저도 모르게 비명을 지를 뻔했다.

뒤늦게 그녀는 암향부동화가 어떤 절초인지 어렴풋이 감을 잡을 수 있었다.

고요하면서도 은밀한 움직임만을 치밀하게 준비하다가 한순간에 모든 침묵을 깨고 피어나는 검식인 것이다. 이는 검초를 펼칠 때마다 그 방식을 눈치챌 수 없을 만큼 은밀하고 고요하리라.

이윽고 진양이 수호필을 내려놓으며 긴 숨을 토해냈다.

그의 전신에서는 자색의 기운이 무럭무럭 피어오르고 있었다.

진양은 눈을 지그시 감고 내공을 한차례 다스린 후 고개를 돌려보았다.

한데 유설이 한쪽 곁에 단정히 앉아서 자신의 모습을 멍하니 쳐다보는 것이 아닌가. 그녀의 눈빛에는 말로 형용하기 힘든 경이로움이 담겨 있었다.

진양이 가만 보니 그 모습이 귀엽기도 하고 사랑스럽기도 해서 빙그레 웃었다.

"왜 그러십니까?"

그제야 유설이 정신을 차리고 얼굴을 붉혔다.

"아, 양 소협의… 무공은 정말… 아름다운 것 같아요."

"하하. 제 무공이 아니라 화산파의 무공이지요."

유설이 빙긋 웃으며 답했다.

"제 말은 매화검을 이야기하는 것이 아니라 바로 그 자양
신공을 말하는 것이었어요. 자양진경 때문에 모든 무공을 서
예로 익힐 수 있게 된 것이 아닌가요?"

"그렇지요. 유 낭자도 한 번 자양진경을 익혀보시겠습니
까?"

"아니에요. 전 오늘 양 소협의 글씨를 보면서 깨달았어요.
그 진경 역시 보통의 재능으로는 익히기 힘들겠다는 것을요.
그러니 많은 사람들이 자양진경의 가치를 오해했겠죠. 양 소
협은… 정말 글씨를 잘 쓰시는 것 같아요."

"감사합니다, 유 낭자."

유설이 얼굴을 붉히더니 입을 삐죽 내밀었다.

"싫어요. 그런 말… 너무 거리가 멀어 보이잖아요."

그녀가 몸을 돌리며 내뱉는 말에는 은근한 애교가 서려 있
었다. 진양은 낯빛이 달아올라 헛기침을 했다.

하지만 그의 마음만큼은 어느 때보다도 푸근하고 달콤했

다. 동시에 이제는 자신밖에 의지할 사람이 없는 유설이 안쓰럽고 딱하기도 했다.

원래 진양은 그녀를 아름답다고 여기긴 했으나 그 이상의 감정을 발전시켜 나가지는 않았다. 아니, 애써 억눌렀다는 표현이 맞으리라.

그녀는 어디까지나 명문의 자녀였고, 자신은 반역가문의 후손이었다. 때문에 그녀에 대한 마음이 지극하면서도 항상 적당한 거리를 유지하려고 노력해 왔다. 그랬기에 연서가 탄로 나면서 더욱 어색한 사이가 되기도 했다.

한데 지금은 그녀 역시 반역가문의 딸로 전락하고 말았다. 게다가 이제 삶과 죽음을 함께 하게 된 처지에 놓이게 되니, 서로를 바라보는 시선이 조금씩 변한 것이다.

진양은 유설이 예전처럼 격식을 차려야 할 여인이라기보다는 앞으로 지켜주고 보살펴 줘야 할 여인으로 보였다. 유설 역시 진양에게 점점 의지하게 되면서 그에 대한 마음이 깊어만 갔다.

진양이 뭐라고 입을 열려고 하는데, 마침 유설이 모기처럼 작은 목소리로 말했다.

"양 소협, 저는 이제 양 소협과 운명을 같이 하게 됐어요. 하지만 전 다행이라고 생각해요. 지금이 마지막 순간일지라도 양 소협과 함께 있을 수 있어서요."

"낭자⋯⋯."

진양은 마음속에서 기쁨이 샘솟듯 솟구쳐 올랐다.

그가 일어나 유설에게 다가가자, 유설 역시 일어나서 진양을 보았다. 두 사람이 서로를 바라보는 눈빛에는 그윽한 사랑이 담겨 있었다.

서로 말하지 않아도 느낄 수가 있었다.

진양은 아무 말 없이 유설의 어깨를 감싸 안았다. 유설 역시 그의 너른 품에 안겨 얼굴을 묻었다. 진양은 가슴으로 유설의 체온을 느끼며 단호하게 말했다.

"낭자, 절대로 여기가 우리의 마지막이 되지 않을 것이오. 무슨 일이 있어도 낭자와 함께 이곳을 빠져나갈 것이오."

진양의 말투가 변했지만, 두 사람 모두 의식하지 못했다.

유설은 그저 진양의 너른 품과 그의 단호한 말투가 좋았다.

"당신이 그렇다면 그럴 것이에요."

진양은 더욱 감격해서 유설의 가녀린 어깨를 힘주어 껴안았다.

두 사람은 한참 동안 그렇게 있었다.

그러다가 문득 유설이 물었다.

"그런데 화산파에서 칠절매화검을 익혔다는 사실을 알면 좋아하지 않을 텐데 어쩌죠?"

"글쎄, 그건 그때 가서 생각해 봅시다. 당장 우리가 죽게 생겼는데 어찌 그런 것을 따질 수가 있겠소?"

"의외로 융통성도 있으시군요?"

유설이 빙그레 웃었다.

진양도 큰 소리로 웃고 나서 말했다.

"유 낭자도 여기 있는 무공 중에서 하나 익혀보는 것이 어떻겠소?"

"그렇지 않아도 그럴 생각이었어요. 아까는 당신의 필체가 너무나 수려해서 그만 정신을 빼놓았지 뭐예요."

유설이 이야기를 하며 책장 사이로 걸어갔다. 책장에는 온갖 진귀한 무공서가 빽빽하게 꽂혀 있었다. 그중에는 처음 보는 것도 많았고, 한 번쯤 들어본 것도 있었다.

하지만 사실 그녀가 익힐 수 있는 것은 거의 없다고 봐야 했다.

진양은 자양진경 덕분에 어떤 무공이든 빠르게 익힐 수 있는 능력이 있었지만, 그녀로서는 짧은 기간에 절공을 익힐 수 있을 만큼 재능이 뛰어나지 못했던 것이다. 게다가 내공 역시 진양에 비하면 훨씬 뒤처졌다.

이러한 사실을 진양도 알고 있었기에 말을 뱉어놓고도 큰 기대를 하지 않았다.

다만 유설은 무슨 생각인지 책장 사이를 돌아다니며 무공서를 꼼꼼히 훑어보고 있었다. 그러다가 그녀가 문득 진양에게 물었다.

"지금 천상련을 찾아온 정파가 화산파와 또 어디라고 하셨죠?"

"종남파요."

"흐음. 종남파의 무공서는 실전된 것이 없을까요?"

그제야 진양은 유설의 생각을 읽을 수 있었다.

그녀는 무공을 익히려는 것이 아니라 무공서 하나를 가지고 나가서 종남파를 회유할 생각인 것이다. 밖에 막상 나갔을 때 어떤 상황이 펼쳐질지는 알 수 없지만, 어떤 경우든 대비하는 것은 좋은 생각이었다.

하지만 진양이 알기로는 종남파에 실전된 비급이 있다는 것을 들어보지 못했다. 더욱이 천보각에서 지내는 동안 종남파의 무공서를 본 적은 한 번도 없었다.

"들어본 적이 없소."

"그렇군요."

"그럼 이제 어쩔 생각이오?"

"글쎄요. 제가 단기간에 절공을 익힐 능력이 안 된다는 것은 그대도 잘 알잖아요? 몸으로 안 되면 머리를 써봐야죠."

진양이 빙그레 웃으며 답했다.

"제대로 먹힐 꼼수가 나왔으면 좋겠소."

"너무해요. 꼼수라뇨. 비책이라고 해두죠."

"하하! 좋소! 그럼 나는 낭자가 비책을 연구하는 동안 다른 무공서를 한 번 살펴봐야겠소."

"그래요. 저도 이제 정신 팔지 않을 거예요."

두 사람은 웃으며 책장을 살펴보았다.

누군가 이들을 본다면 절대로 궁지에 몰린 사람들로 보지 않으리라.

천보각 지하실에 때아닌 웃음꽃이 피었다.

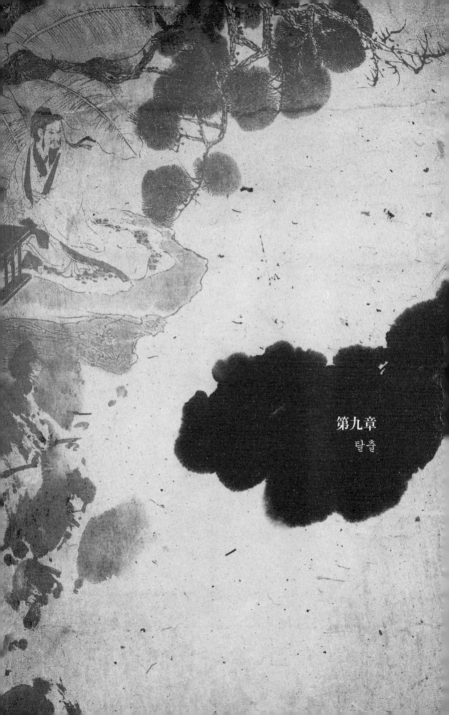

第九章
탈출

사흘이 지났다.

하지만 빛조차 스며들지 않는 천보각 지하실에서는 정확한 시간을 가늠하기가 힘들었다. 대략 느낌으로 짐작할 수밖에 없었다.

진양은 그동안 칠절매화검 외에 두 가지 무공을 더 익혔다. 하나는 검공이었고, 다른 하나는 도공이었다. 무공 비급에 관한 지식은 유설이 진양보다 뛰어났다. 때문에 진양은 그녀가 추천하는 것 두 가지를 더 익힌 것이다.

사흘 만에 절세의 신공을 세 가지나 익혔으니 이 사실을 누가 믿기나 할까?

반면 유설은 단 하나의 무공도 익힐 수 없었다.

천보각 지하실에 소장되어 있는 무공서들은 전부 천하의 절세 신공이었기에 보통 사람이 진양처럼 하루아침에 익히기에는 무리가 있었던 것이다.

대신 그녀는 책장에 꽂혀 있는 수많은 비급 중에서 한 권을 꺼내 들어 품에 넣었다.

이제는 지하실에서 나가야 할 때였다.

더 이상 물 한 모금조차 마실 수 없는 지하실에서 버틸 수는 없었다.

진양이 말했다.

"천보각으로 나갈까 생각하오."

"비밀통로로 가지 않고요?"

"내 생각에 비밀통로 출구에는 많은 사람이 매복해 있을 것 같소. 설마 우리가 천보각으로 나올 것이라곤 그들도 생각하지 못했을 거요."

"사실 저도 같은 생각이었어요. 천보각으로 나가는 쪽이 변수도 많이 생길 것 같구요."

원래 어떤 계획이든 변수가 많은 것은 좋지 않다.

하지만 상황이 절대적으로 불리한 경우라면 다르다. 이럴 경우에는 변수가 생길 때, 불리한 상황이 유리하게 바뀔 확률이 높기 때문이다.

진양과 유설은 고개를 끄덕인 후, 철문 앞으로 다가갔다. 진양은 심호흡을 한 번 한 뒤에 철문을 힘껏 열었다. 두 사람은 빠르게 계단을 따라 올라갔다.

천보각 내에는 아무도 없었다.

아마도 천보각 밖에서 두 사람이 나타나기를 기다리고 있으리라.

진양과 유설은 이미 한 번 각오한 뒤였기에 망설임없이 정문을 열고 나섰다.

아니나 다를까, 지붕에서부터 그림자가 떨어져 내리며 진양과 유설을 공격해 왔다.

진양이 재빨리 유설을 등 뒤로 돌려세우고 수호필을 꺼내 들었다. 순간 수호필이 번쩍이는가 싶더니 순식간에 떨어져 내린 두 그림자를 베어버렸다.

쉐에엑! 깡!

"크웃!"

한 명은 가슴에 검상을 입고 뒤로 성큼 물러났고, 다른 한 명은 아슬아슬하게 진양의 수호필을 검으로 튕겨내며 물러났다.

극히 짧은 순간에 진양은 천보십육검에 의해 완전히 포위됐다.

천보십육검 중 우두머리로 보이는 자가 수신호로 다시 공격 명령을 내렸다.

순간 여덟 명의 무인이 검을 휘두르며 달려들었다. 진양은 기다렸다는 듯이 수호필을 뽑아 들고 재빨리 휘둘렀다. 역시나 아까와 마찬가지로 그 움직임을 눈으로 좇기 힘들 만큼 빨랐다. 언제 붓통에서 수호필을 꺼내 들었는지도 모르게 한 줄기 섬광이 그어졌고, 이어서 다시 한 번 섬광이 번쩍 터져 나왔다.

그때마다 어김없이 금속성이 시끄럽게 고막을 찔렀다.

까랑! 깡깡!

그 모습을 보던 우두머리의 눈빛이 놀라움으로 변했다.

"저건… 벽력섬광도(霹靂閃光刀)가 아닌가!"

예전에 도황이라고 불렸던 철목진(哲木眞)이라는 고수가 있었다. 그는 도 한 자루로 한때 강호를 제패했던 전설적인 인물이었다. 벽력섬광도는 바로 그 철목진이 창안한 도법이었다.

당시 사람들은 철목진의 도날을 볼 수 없었다고 한다. 그의 도가 뽑아지는 것과 동시에 적이 목숨을 잃을 정도로 빨랐다는 뜻이다.

그가 죽은 후 벽력섬광도의 비급은 여러 차례 주인이 바뀌다가 오늘날 천상련이 소유하게 된 것이다.

그런데 진양이 펼치고 있는 도법이 바로 그 벽력섬광도였다.

물론 철목진이 펼치는 것만큼 완벽한 모습은 아니겠으나, 그 자체로 이미 훌륭한 도법이었기에 진양의 수호필은 충분히 위협적이었다.

하지만 우두머리는 도무지 이해하기가 힘들었다.

진양이 천보각 지하실에 갇혀 있었던 것은 단 사흘에 지나지 않았다. 그런데 어떻게 그사이에 벽력섬광도를 익혔단 말인가?

어쨌거나 자신이 잘못 보지 않았다면 분명 진양이 펼치는 것이 벽력섬광도가 확실했다.

그가 다급히 소리쳤다.

"조심해라! 놈이 펼치는 것은 벽력섬광도다!"

그러자 진양을 향해 쇄도하던 무인들이 주춤거리며 자세가 흐트러졌다. 상대가 쾌도를 구사하는 만큼 대응 방식을 바꾼 것이다.

그 순간 진양은 지둔도법을 펼쳤다.

진양의 수호필이 번개처럼 쏘아질 것이라고 예상했던 무인들은 갑자기 느려진 움직임에 내심 의아할 수밖에 없었다.

그러다 보니 자연히 진형이 흐트러지고 대응 체계에 문제가 생기고 말았다.

진양은 그 틈을 파고들어 수호필을 후려쳤다.

은잠사의 붓털이 날카롭게 곤두선 채로 무인들의 팔목을 베어 들어갔다.

"크윽!"

"아악!"

여덟 무인 중에 두 명이 팔목에 깊은 검상을 입으며 물러났다.

다른 여섯 무인은 진양의 도법이 느려지자 다시 깊숙이 파고들기 시작했다.

'갑자기 벽력섬광도를 익혔으니, 그 도법이 제대로 펼쳐질 리가 없다. 오히려 벽력섬광도를 지나치게 의식하는 바람에 우리가 당했구나!'

그들은 모두 같은 생각이었다.

지켜보던 우두머리 역시 그처럼 생각했기에 별다른 지시를 내리지 않았다.

진양은 지둔도법을 펼치며 그들의 공격을 막아갔다.

역시나 그의 움직임은 지극히 제한적이었다. 아주 적은 움직임으로 적들의 공격을 우직하게 막아내고 있으니 화려해 보일 것도 없었고, 위협적인 느낌도 들지 않았다.

여섯 명의 무인은 더욱 깊숙하게 파고들었고, 팔이 베였던 두 무인은 뒤에 남아 보조했다.

그 순간 진양의 수호필이 번쩍 빛을 터뜨렸다.

지둔도법을 펼치던 그가 순간 벽력섬광도를 펼친 것이었다.

여섯 무인은 진양과의 거리가 몹시 가까웠기에 이번의 공격은 그들에게 치명적이었다.

진양을 찔러 들어오던 검은 모두 여섯 자루.

그 여섯 자루의 검이 모두 바닥에 떨어지며 금속성을 울렸다.

챙그랑! 챙그랑!

"크으읏!"

여섯 명 무인 모두 오른쪽 어깨를 깊숙이 베이면서 더 이상 검을 들 수도 없을 지경에 이른 것이다.

이들은 진양의 도법에 도무지 적응할 수 없었다.

쾌도가 튀어나온다 싶으면 둔도가 이어지고, 둔도가 지속된다 싶으면 느닷없이 쾌도가 날아왔다.

"노옴!"

우두머리를 비롯한 남은 무인들이 한꺼번에 달려들기 시작했다.

진양은 그 순간 수호필을 곧게 내찌르며 마주쳐 갔다. 한데 그의 필봉이 물결처럼 흐느적거리는 듯하더니, 곧 수 갈래로 나뉘면서 달려드는 무인들 각각을 찔러가는 것이 아닌가.

'이건 또 무슨 도법이지? 아니, 찌르는 형태로 보아서는 도법이 아니라 검법 같은데?'

위기의식을 느낀 무인들이 급하게 물러서려고 했으나 이미 때는 늦었다. 진양의 필봉은 그들이 후려친 검날을 가볍게 타넘듯 이어지더니, 순식간에 무인들의 옆구리와 복부에 깊이 박히고 말았다.

"커억!"

"악!"

여기저기서 비명이 동시에 터져 나왔다.

천보십육검의 우두머리는 그제야 진양의 검식이 무엇인지 바로 알아볼 수 있었다.

하지만 그는 여전히 믿을 수 없는 눈치였다.

'이건… 분명히 능파검(凌波劍)이 아닌가! 어떻게… 어떻게 이놈이 능파검까지 구사할 수 있단 말인가?'

능파검은 이십여 년 전에 죽은 악군청(岳君靑)이라는 무인이 창안한 검법이었는데, 창안할 당시에는 굉장히 획기적이고 실험적이어서 잠시 사공으로 분류되기도 했다.

하나 세월이 흐르면서 사람들은 능파검의 위력을 새삼 실감하게 됐고, 그 방식이 새롭고 모험적이긴 하지만 사악하다고는 볼 수 없어 나중에는 정공으로 인정하기까지 했다.

하지만 능파검 역시 어느 날 비급이 사라졌는데, 이를 천상런이 찾아내 보유하고 있었던 것이다.

그가 퀭한 눈길로 진양을 쏘아보았다.

"넌… 도대체……."

그는 믿을 수 없었다.

천보십육검이 이처럼 허무하게 무릎을 꿇게 되리라고는 상상도 하지 못했다.

그들은 두 가지 사실을 간과했다.

첫째는 진양이 일필득도(一筆得道)의 능력을 가진 기재라는 사실을 몰랐다는 것이고, 둘째는 천보각의 침입자를 막으려는 것이 아니라 탈출자를 막으려다 보니 천보십육검의 장기인 검진을 제대로 펼쳐 보일 수 없었다는 것이다.

하지만 그러한 것들을 모두 감안하더라도 너무나 허무하게 패한 것은 분명한 사실이었다.

한쪽 무릎을 꿇은 채 헐떡이는 무인들을 둘러보며 진양이 포권을 취했다.

"후배의 무례를 용서하십시오."

진양은 천보십육검의 무인들과 직접 이야기를 나눈 적이 없었다.

다만 과거 천상련에서 지낼 때 아주 가끔씩 어두운 밤에 그들이 모의훈련하는 것을 창밖으로 내다보았을 뿐이다.

비록 그 정도의 인연일지라도 그로서는 오랜 친구를 다치게 한 것만 같아 미안한 마음이 들었던 것이다.

물론 천상련이 자신을 죽이려고 했다지만, 천보십육검은 그 일과 무관하지 않던가.

그가 사과하고 나자, 유설이 나서서 열여섯 무인의 혈도를 재빨리 점했다. 이미 검상을 깊게 입고 내기마저 상한 그들로서는 그녀의 점혈을 피할 방법이 없었다.

유설이 진양을 돌아보며 싱긋 웃었다.

"어때요, 실전에서 써보신 소감이?"

"과연 훌륭한 무공이오. 놀랍고 무섭군요."

"아무리 무서운 무공이라도 사용하는 자의 마음에 따라 달라지겠죠."

"과연 맞는 말이오."

하지만 진양은 조금 신경이 쓰이는 듯 물었다.

"그런데 좀 이상하지 않소?"

"뭐가요?"

"아무리 우리가 이곳으로 나타나리라고 예상하지 못했더라도 너무 방비가 허술하군."

그제야 유설도 고개를 끄덕였다.

지금까지는 마음을 졸이며 싸움을 지켜보느라 아무런 생각도 하지 못했는데, 진양의 말을 듣고 보니 그도 그런 듯했다.

더구나 천보십육검이 이처럼 속수무책으로 당하는 동안 천상련에서는 누구도 나타나지 않았다. 유설이 그들의 혈도를 모두 점하는 동안에도 천보각에는 다른 사람의 그림자조차 비치지 않았다.

어떻게 이럴 수가 있나?

원래의 예상대로라면 두 사람이 나오자마자 무수히 많은 사람들에게 포위되어야 했다. 그리고 진양과 유설은 목숨을 걸고 싸워야 했다.

그랬을 때 천보각에서 벗어날 확률이 오 할이 될까 말까였다.

한데 이렇게 허무할 정도로 천보각을 벗어날 수 있게 될 줄이야.

이럴 줄 알았다면 사흘씩이나 지하에서 시간을 보내지 않았을 것이다.

진양과 유설은 조심스레 천보각을 나왔다. 두 사람은 천보각 담장을 지나서 건물들 사이를 걸어가면서도 아무도 만나지 못했다.

"아무래도 예사롭지가 않소. 무슨 일이 생긴 건 아닌지 모르겠소."

"그렇다면 우리에겐 이보다 좋은 일도 없잖아요?"

유설이 생글 웃으며 말했다.

진양이 빙그레 웃었다.

"이대로 여길 빠져나갈 수만 있다면 나쁠 건 없겠지요."

그는 유설의 손을 잡고 훌쩍 몸을 날렸다.

두 사람은 가벼운 몸놀림으로 건물 지붕 위에 안착했다.

사방을 둘러보니 역시나 그림자 하나도 보이지 않았다.

적어도 지붕 위에서 매복하고 있던 무인은 없다는 뜻이다.

정말이지 이상한 노릇이 아닌가.

'도대체 무슨 일이 일어난 거지?'

그때였다.

천상련 남쪽에서 '쩌엉!' 하는 소리가 들리더니 지축이 잔
잔하게 흔들려 왔다. 동시에 어마어마한 기운이 진양과 유설
을 훅 덮쳐 왔다.

바로 화산파와 종남파가 머물던 객당이 있는 곳이었다.

유설이 짚이는 것이 있는 듯 말했다.

"혹시 화산파와 종남파가 천상련과 싸우고 있는 것이 아닐
까요?"

"흠. 그럴지도 모르겠군!"

이쯤 되자 대략의 사정이 이해됐다.

만약 화산파와 종남파가 천상련과 싸움을 벌이고 있다면
그건 작은 전쟁이나 다름없었다. 천상련이 제아무리 무림 사
파의 절대 지존이라지만, 두 정파가 힘을 합친다면 결과는 예

측하기 힘들리라.

유설이 물었다.

"어쩔까요?"

진양이 주위를 다시 한 번 둘러보고는 말했다.

"우리도 가봅시다."

만약 다른 때라면 그저 천상련을 벗어나는 데 급급했을 것
이다.

하지만 지금은 천상련에서 그들을 거의 신경도 쓰지 않고
있었다.

유일하게 천보각을 지키던 자들이 천보십육검이었다. 그
들조차도 마치 뭔가에 정신이 빼앗긴 듯 진양을 상대할 때 공
격이 날카롭지가 못했다.

진양은 이제 그 이유를 대충이나마 짐작할 수 있었다.

'불난 집에서 달아나는 도둑이 된 격이군.'

두 사람은 지붕을 타고 남쪽 객당까지 쏜살같이 달려갔다.

이윽고 그들은 객당의 지붕 위로 옮겨간 다음 최대한 인
기척을 죽이고 살금살금 이동했다. 그리고 조심스럽게 고
개를 내밀어 객당 안마당에서 벌어지는 상황을 살펴보았
다.

객당 안마당에는 굉장히 많은 사람들이 모여 있었다. 아마
화산파와 종남파의 모든 사람들이 모인 듯했고, 천상련의 무

인들도 대부분이 이곳에 집합한 듯했다.

그들의 분위기는 몹시 흉흉하고 살벌했는데, 많은 사람들이 세 사람을 포위하는 형국이었다. 특히 포위당한 세 사람 중 한 명은 상당히 심각한 부상을 입고 있어 서 있는 것조차 힘들어 보였다.

진양은 그의 얼굴을 확인하고 나서 하마터면 소리를 내지를 뻔했다.

거친 숨을 내뱉으며 간신히 서 있는 사람은 바로 풍천익이었던 것이다. 그의 전신은 상처투성이였고, 옷차림은 몹시 남루했다. 게다가 그의 몸에서 느껴지는 기운이 상당히 약했다.

한때 그는 진양에게 있어서 커다란 산과 같은 존재였다.

그런데 오늘 이렇게 약해진 모습을 보고 있자니 진양의 마음 한편이 짠하게 저려왔다.

'도대체 무슨 일이기에 풍 각주님이 곤경에 처하신 걸까? 저 상처는 어떻게 된 걸까?'

더욱 이상한 점은 천상련의 무인들 중에서도 상당수가 화산파와 종남파와 함께 풍천익을 포위하고 있다는 점이었다.

유설은 진양의 표정이 심각하게 굳는 것을 보고 나직이 물었다.

"왜 그러세요? 혹시 아는 분인가요?"

진양이 고개를 끄덕였다.

"그렇소. 저분이 나를 천상련에서 무사히 살아나갈 수 있도록 도와주셨던 분이오."

"그럼 저 노인이 바로 풍천익 각주님이시군요?"

"맞소."

그러자 유설이 눈을 동그랗게 뜨고 물었다.

"그런데 왜 모두 저분을 위협하고 있는 거죠? 지금은 마치 천상련조차도 저분을 몰아세우고 있는 형세군요."

"나도 모르겠소. 도대체 이 사흘 동안 무슨 일이 벌어졌는지 모르겠군."

유설이 돌아보며 물었다.

"이제 어떻게 하실 생각이에요?"

진양이 굳은 얼굴로 대답했다.

"저분은 위험을 무릅쓰고 내가 살아서 도망칠 수 있도록 도와주셨소. 풍 각주님이 없었다면 지금의 나는 이 자리에 없었을 것이오. 그러니 위험에 처한 것을 그냥 두고만 볼 수는 없소."

"그럴 줄 알았어요."

유설이 웃으며 말했다.

겨우 위기에서 벗어나나 싶었는데, 또 위험 속으로 걸어가려고 한다.

그럼에도 유설은 두려움을 느끼지 않았다.

눈앞에 있는 이 남자와 함께 있다면 아무것도 무서울 것이 없을 것 같았다.

진양이 미안한 마음에 말했다.

"혹시 위험할지도 모르니 낭자는 먼저 여길 벗어나는 것이 좋겠소. 아랫마을에 가면 흑 형님과 위 선배가 기다리고 있을 거요."

"저 혼자 가진 않겠어요."

진양은 그녀의 마음에 다시 한 번 감동하며 고개를 끄덕였다.

그때 안마당에서 카랑카랑한 목소리가 불쑥 튀어나왔다.

"흥! 그런 말도 안 되는 소리가 통할 듯싶소?"

진양과 유설이 고개를 돌려 내려다보니, 그는 키가 작고 왜소한 체구를 지닌 노인이었다. 그의 등에는 자신의 키만 한 검이 걸려 있었다.

사실 그 검은 그리 큰 것이 아니었지만, 노인의 키와 몸집이 워낙 작아서 검이 상대적으로 커 보였다.

바로 종남파의 수석장로인 봉상탁이었다.

풍천익의 앞을 막아서고 있던 노인이 우렁찬 목소리로 외쳤다.

"풍 각주는 거짓을 말할 자가 아니오!"

진양은 그의 얼굴을 보고 기억을 더듬어보았다. 그리고 곧 그가 각종 병기를 보관하거나 개발하는 철기각의 각주 동소립(董昭立)이라는 사실을 떠올렸다.

그러고 보니 그 옆에 서 있는 노인은 바로 승천각의 각주인 송강(宋江)이었다.

동소립은 체격이 뚱뚱해서 전체적으로 둥글둥글한 인상을 풍겼고, 송강은 짙은 눈썹에 흑염을 길게 늘어뜨리고 있어 근엄한 인상이 특징이었다.

진양은 풍천익을 따라 가끔씩 천상련을 돌아다니다가 이 두 사람을 본 적이 있었던 것이다.

한데 이들 역시 몹시 기가 쇠한 것을 보아 이미 한바탕 큰 싸움을 치른 듯했다. 아니나 다를까, 정파의 무인들도 상당수가 숨을 헐떡이며 호흡을 조절하고 있었다.

게다가 안마당에 심어져 있었을 나무는 그 밑동이 싹둑 잘려 나가서 넘어가 있었고, 한쪽 벽면은 벼락이라도 맞은 듯 완전히 무너져 내려 있었다.

유설이 작은 목소리로 설명을 덧붙였다.

"저기 방금 소리친 작은 체구의 사람이 종남파의 수석장로인 봉상탁인 것 같아요."

"그럼 저쪽은 누구요?"

진양이 눈짓으로 가리킨 사람은 바로 청포를 입은 노인이 었는데, 봉상탁과 반대로 풍채가 좋고 늠름한 인상을 풍겼다.

몹시 인자해 보이는 얼굴이었지만 왼쪽 뺨에 십자로 새겨진 흉터 때문에 언뜻 날카로운 인상도 풍겼다.

유설이 곧 그를 알아보고 말했다.

"뺨에 새겨진 흉터를 보니 아마도 화산파의 장문인 같군요. 이름은 석군평, 매화신검이라는 별호를 가지고 있죠."

"과연 두 사람의 무공이 매우 높아 보이는군요."

그때 다시 석군평이 말했다.

"풍 각주, 더 이상 우리를 곤란하게 만든다면 우리 역시 더는 사정을 봐주지 않을 것이오."

그러자 풍천익이 입을 열었다.

"흥! 누가 네놈들에게 사정 봐달라고 하더냐?"

"정말 구제불능이군!"

석군평이 미간을 좁히더니 검을 앞세우며 기수식을 취했다. 그러자 그의 뒤에 도열한 화산파의 제자들이 일제히 금방이라도 튀어나갈 듯 기를 끌어올리고 자세를 잡았다.

그때 풍천익이 왕자헌을 비롯한 천상련의 무인들을 돌아보며 소리쳤다.

"이런 멍청한 놈들! 네놈들이 기어코 본련을 망하게 하는구나!"

그러자 왕자헌이 버럭 고함쳤다.

"닥치시오! 풍 각주에게 그런 말을 들을 이유 없소이다! 우리로서도 풍 각주의 말을 믿을 근거가 없지 않소?"

"흥! 언젠가 네놈의 멍청함을 후회할 날이 올 것이다!"

그때 봉상탁이 소리치며 달려들었다.

"그대는 우리가 보이지도 않는가!"

이렇게 되자 진양도 더 이상 숨어서 지켜보고만 있을 수는 없었다.

순간 그가 번개처럼 몸을 날렸다.

쒜에엑!

쩌엉!

진양의 수호필이 봉상탁의 검을 튕겨냈다. 그 순간 금속성이 쩌렁쩌렁 울리며 모든 이의 고막을 날카롭게 찔렀다.

봉상탁은 손이 떨려오는 충격을 느끼며 뒤로 훌쩍 물러났다. 그는 놀란 표정을 지우지도 못한 채 고함쳤다.

"웬 놈이냐?"

손이 떨리기는 진양도 마찬가지였다.

그가 아무리 최고의 내공을 연마했다지만, 봉상탁은 오랜 세월 내공을 쌓아온 고수였다. 때문에 두 사람의 무기가 부딪치면서 그들의 내공은 비슷한 수준으로 격돌한 것이다.

진양이 가늘게 떨리는 손을 맞잡아 올리며 말했다.

"양 아무개가 봉 장로님을 뵙습니다."

진양은 몸을 돌려 놀란 표정으로 자신을 바라보는 석군평에게도 포권의 예를 갖췄다.

"석 문주님을 뵙습니다. 평소 두 분의 명성을 듣고 흠모하고 있었습니다."

상대가 정중하게 나오자 석군평도 예를 갖춰 물었다.

"그대는 누구기에 봉 장로님의 검을 받으셨소?"

진양은 어차피 이쯤 되면 천상련의 무인들이 자신의 존재를 알 거라고 생각하고 솔직하게 대답했다.

"저는 성이 양이고, 이름은 진양이라 합니다. 두 선배님께서는 어찌 풍 각주님을 해하려고 하시는지요?"

석군평은 미간을 찡그리고 잠시 생각에 잠겼다.

양진양이라는 이름을 어디서 들어보았는지 떠올려보는 듯했다.

하지만 그가 아무리 고민한들 들어보았을 리가 만무했다.

그가 생각을 멈추고 말했다.

"어찌 해하려고 한다니? 그럼 그대는 어찌 봉 장로의 검을 막으셨소?"

"저와 풍 각주님 사이에 작은 인연이 있어서 불가피 나서게 됐습니다. 기분이 언짢았다면 용서하십시오."

"음. 그럼 그대도 냉 련주를 죽이는 데 가담한 것이오?"

진양은 잠시 무슨 말인지 알아듣지 못해 되물었다.

"예?"

"냉 련주를 죽일 때 그대도 함께였는지 물어보는 것이오."

"냉 련주라니요? 그게 누구……."

그러자 석군평이 어이없다는 표정으로 말했다.

"혹시 지금 그 태도는 발뺌을 하려는 것이오? 그렇다면 정말 연기가 서툴군."

"후배가 아둔해서 정말 못 알아들은 것이니, 장문 어르신께서는 좀 더 자세히 설명해 주시지 않겠습니까?"

"흥! 그대가 정녕 천상련의 련주가 죽었다는 사실을 몰랐다고 할 셈인가?"

순간 진양은 쇠망치로 뒤통수를 얻어맞은 기분이었다. 그가 멍한 표정으로 되물었다.

"누, 누가 죽었다고요?"

그러자 봉상탁이 짜증난다는 듯 소리쳤다.

"냉이천 련주 말이다! 천상련의 냉이천 련주가 어젯밤에 죽었다!"

"도대체 누가 그를……."

"누구긴 누구냐? 네놈이 지키려고 하는 저자지! 바로 풍천익이 냉이천 련주를 죽였다!"

진양은 순간 멍한 표정이 되어 천천히 돌아섰다.

'풍 각주님이? 도대체 왜?'

그의 뒤에는 풍천익이 어금니를 쿡 씹은 채로 딱딱한 표정
으로 서 있었다.

『신필천하』 4권에 계속…

秘龍潛痛

비룡잠호

오채지 新무협 판타지 소설

Book Publishing CHUNGEORAM

유행이 아닌 자유추구 -
WWW.chungeoram.com

시필천하

神筆天下

눈매 新무협 판타지 소설

글을 적는 것으로 진의(眞意)를 깨우치는 기재(奇才).
일필득도(一筆得道)의 능력을 가진 양진양!
글자 하나에서도 철학을 읽고, 한 줄의 글귀에도 의지와 정을 담아낸다.

글씨는 마음을 그리는 것이요, 글은 사람을 귀하게 하는 법.

공력은 글씨 안에 있으니,
흘러가는 필획에서 깨달음과 내공을 얻고,
견실한 붓놀림 속에서 천하 무공이 탄생하리라!

기존의 무협은 잊어라!
하얀 종이 위에 써 내려가는 신필천하의 신화가 시작된다!